校对部

校对女孩

第一季

河野悦子，平凡不简单！

[日] 宫木彩子 著

许婷婷 译

中信出版集团 · 北京

图书在版编目（CIP）数据

校对女孩：河野悦子，平凡不简单！.第一季 /（日）宫木彩子著；许婷婷译 .-- 北京：中信出版社，2018.8

ISBN 978-7-5086-8783-4

I. ①校… II. ①宫… ②许… III. ①中篇小说—日本—现代 IV. ① I313.45

中国版本图书馆 CIP 数据核字（2018）第 054008 号

校对女孩：河野悦子，平凡不简单！（第一季）

著　　者：[日] 宫木彩子
译　　者：许婷婷
出版发行：中信出版集团股份有限公司
　　　　　（北京市朝阳区惠新东街甲 4 号富盛大厦 2 座　邮编　100029）
承 印 者：北京盛通印刷股份有限公司

开　　本：880mm × 1230mm　1/32　　印　　张：7　　字　　数：120 千字
版　　次：2018 年 8 月第 1 版　　印　　次：2018 年 8 月第 1 次印刷
京权图字：01-2018-3591　　广告经营许可证：京朝工商广字第 8087 号
书　　号：ISBN 978-7-5086-8783-4
定　　价：39.80 元

Contents

第五话 校对女孩之俄罗斯和豆皮与其他鳗鱼 159

最终话 给校对女孩爱吧 201

解说 角田光代 211

目录

第一话　校对女孩？　001
第二话　校对女孩与女编辑　039
第三话　校对女孩和时尚教主与爆炸头　081
第四话　校对女孩和西装衬衫与鳗鱼　121

Part 1

第一话

校对女孩？

悦子的研习笔记　　之一

【校样】指稿件经排版后打印出来供校对用的样张。纸本校样的由来是桨帆船的英文。桨帆船？是什么样的船啊？等等查一下好了。

“为什么会变成这样呢？”

男子盯着自己沾满鲜血的掌心。直到方才，这名瞪着双眼、倒在地上不断流血的女子，都还在自己的怀里。然而，不断流血的女子，此刻却死在自己的眼前。回想起女子柔滑而温暖的肌肤，男子战战兢兢地朝她胸前伸出手，揉了揉她白皙柔滑的乳房。那触感仍是如此的软……

在第二处的“不断流血”旁边画线，写下“删除？”的注记后，在“的”和“软”中间插入“柔？”，再把页码写进校正笔记“36”的栏位。将工作处理到告一段落后，悦子把铅笔扔到桌上，转了转僵硬的脖子。

“要是眼前的女人真的死了，比起揉她的胸部确认软硬度，应该先伸手摸她的手腕，看看还有没有脉搏才对吧？”

虽然觉得指摘这种问题也是白费力气，但还是写进去吧。

“是谁的稿子？”

在隔壁办公桌进行着类似作业的米冈抬起头来问道。一旁微微透出缝隙的百叶窗，让夕阳的光芒有如斑马线般落在他的脸上。

“本乡大作。”

“啊！写悬疑小说的那个。怎么，你看得心痒难耐了？”

“胡说，小心我用放大镜砸你。”

“别，会出人命的。”

打算泡杯咖啡的悦子从椅子上起身。她无视米冈“连我那份一起泡吧”的要求，只倒了一杯便返回座位上，向位于办公室一角的会议桌望去。时尚杂志校对小组的成员正坐在桌前埋首工作，她在自己的座位上都能够感受到那里紧张不已的气氛。过去，悦子很向往这样的紧张气氛。现在也依旧很向往。

真希望能加入他们的行列。为什么只有我一个人在校对文艺作品呢？而且内容还是自己完全不擅长的悬疑类。

“哎哎，你不觉得那个新来的业务员蛮帅的吗？”

米冈似乎已经完全失去干劲。他揉着肩膀，看着在办公室一角待命、来自凹版印刷厂的年轻男业务员，问道：

“你不是灰色无性恋者[1]吗？果然还是比较喜欢男生吗？”

---

① 灰色无性恋指只在极少数情况下会感受到性吸引力的人。——编者注

的确是挺帅的。悦子一边这么想，一边反问米冈光男。

“我只是喜欢很帅气的人而已。”

“这样已经不算是灰色无性恋者了吧。”

看着米冈右耳上闪闪发亮的缎带造型耳环，悦子忍不住揶揄了一句。时尚杂志的校稿工作，恐怕要到深夜才会结束。相较之下，文艺作品的校对都能在下班时间准时结束。窗外的天色已经逐渐转暗，距离下班时间也不远了。

【校对】根据原稿，核对并清除校样上的差错。

景凡社的总公司大楼位于纪尾井町，是以周刊杂志和女性时尚杂志为主力刊物的多元综合型出版社。悦子一毕业就进入这家公司，被分配到这间出版社的校对部已有两年。在她还是个小学生时，就开始看景凡社的少女杂志了。初中时期，她瞒着父母偷看“脸红心跳——初尝禁果的那个暑假”这种高中生赤裸裸的告白专栏；高中时期，她又怀抱着憧憬翻阅了一堆“这种约会敬谢不敏／这种约会求之不得！”的女大学生真心话专访；大学时期，她开始仔细研究“更高一级的联谊必胜服装！”的粉领族穿搭特辑，作为买衣服和化妆的参考。

大学二年级的时候，悦子一眼就迷上了刊登在景凡社的粉领族杂志 *Lassy* 上的“Editor’s Bag”（编辑的包包）专栏。而这也决定了她今后的人生。从“个人物品大公开”页面的读者模特儿的阵容来判断，拥有这些 Editor’s Bag 的，恐怕就只有万中选一的时尚杂志编辑或写手。

想要光明正大地拎着这些美丽的包包，就只有成为时尚杂志编辑这一条路。于是，这时的悦子将景凡社列为自己就职企业的首选。不过，悦子当年高考成绩一般，只勉强考进贵族女子大学，这样的履历实在说不上光鲜，要进景凡社恐怕有点困难。能够进入出版社工作的人，多半毕业于都内国立大学，或是仅次于国立大学的私立大学。就连性取向不明的米冈，也是毕业于仅次第一志愿东大的私立大学。

平凡但乐观的女大学生悦子，完全是凭借干劲和毅力通过了就职面试。她是多么热爱景凡社的时尚杂志、而这些杂志又为自己的人生带来多少影响——听到怀抱满腔热血的悦子滔滔不绝的演说，就连面试官都几乎被她的气势压倒。然而，在进入景凡社之后，她不知为何却被分配到校对部。

悦子的姓氏是河野。读音是“Kouno”而非“Kawano”。

河野悦子（Kouno Etsuko）。

人事部似乎只是因为“感觉名字比较适合做校对的工

作”，就把她分配到校对部。不对，应该说她能够通过面试，好像就是因为这个理由。

不应该是这样的呀——结束研习后，踏进自己被分配到的部门的瞬间，悦子不禁这么想。她工作的地方，应该是穿着Prada（普拉达）的女魔头及其属下安妮·海瑟薇（变身后）等人匆忙来去、满溢着活泼时尚感的办公室才对。可是，出现在眼前的却是一点都不时髦的空间。而洋溢着活泼氛围的，也只有几乎被视为另一个部门的杂志校对小组。这里整体看起来简直像个菌菇类农场。连部长都长得活像个“杏鲍菇”。

面对刚进公司就一肚子不满的悦子，过了一阵子之后，“杏鲍菇”向她表示“只要能做出业绩，就有机会调到自己想去的部门，到定期人事变动的时候提出要求，也会比较容易实现”。

——总之，先认真工作才是最重要的。

面对“杏鲍菇”的说法，尽管内心仍无法释怀，悦子也只能点头同意。虽然满心遗憾，她现在仍待在校对部里，认真将每一件工作做到完美，希望某一天能够被调到*Lassy*编辑部去。

上午的校对部通常呈现安静无声的状态。悦子这几天负责校对的悬疑小说作者本乡大作，是撰写“情色悬疑”这类作品的知名作家。她去年也曾负责过本乡的单行本[①]。老实说，悦子非常不擅长这个类别的小说。那些故事总是如出一辙。身为主角的五十岁男性也依旧是老样子，不是继续揉着女人的胸部，就是玩弄对方的下半身。尽管写的是这么不堪入目的内容，本乡在业界却以疼爱妻子的好丈夫闻名。本乡夫妻据说总是维持着鹣鲽情深的状态，这实在令人无法理解。

“不要以为什么作品只要加入情色元素就会吸引人。这个老头也是，别以为让女人露胸，小说就会大卖好不好。”

悦子在翻页同时发出的咕哝声，似乎传入了米冈的耳中。他轻笑了几声。

“情色元素真的有点过于泛滥了呢。不过，本乡老师刚出道那阵子的作品，可都是普通又正统的悬疑小说。他认为光凭这样的小说内容，并不能在业界长久存活下去，所以才改成走情色路线，结果算是押对宝了吧。”

“哦，看来他也挺辛苦的嘛。你手上现在是哪本？”

“菅居惠理子温情洋溢的外遇小说。”

“温情洋溢”与“外遇”两者之间的反差，让悦子忍不住笑出来。实际上，这名作家在三十二岁出道时便是已婚的身

① 单行本：书籍出版的一种形态。内容上多是集合同一作者或者是同一类型，已经发表在其他媒体或是从未发表的作品在一本书当中。——编者注

份。但她却在不久之后就跟编辑有染，经历一连串剪不断理还乱的风波后，她和丈夫离婚，然后跟那位编辑再婚了。

“我如果结婚了，绝对不会搞外遇。”

“咦，你有打算要结婚吗？对象是男人还是女人啊？”

“我也二十八岁了嘛，总得考虑一下啊。对象是男人或女人都可以。”

“日本现行的法律可没有这么开放哦。”悦子心想，然后又立刻将视线移回到校样上。

据说是本乡大作本人指名要悦子替他校稿的。一般情况下，校对员不会直接和作者联系，名字也不会出现在版权页上。不过，本乡大作提出了“希望校对员跟上次是同一人”的要求。

——好厉害啊。这样不是很好吗？

“杏鲍菇”带着一脸引以为傲的表情，将整叠初校的校样交给悦子。

每位作家都有不同的写作风格。例如：有些作家喜欢再三重复同样的叙述。如果在校对后，针对重复的部分注记“删除”，就可能会让他们勃然大怒。作家的写作习惯，原本应该是他们的责任编辑去把握的范畴。责编必须再次确认已经校对完毕的校样，然后用橡皮擦去觉得不必要的修正内容。不过，也有一些不负责任的责编，他们完全不确认校样里头的注记内容，也不向承接工作的人交代作家的写作癖好，就直接把稿子从编辑部发给作家或校对部。把这本校样送过来的编辑、也是本乡的责任编辑贝冢，正是这样的人。

去年接下校样时，是悦子第一次和贝冢交流。身为男性编辑，贝冢却意外打扮得整齐干净。他说，编辑应该时刻设身处地为作者着想，全力支持作家，这给悦子留下了非常好的印象，以为贝冢是个热心工作的优秀编辑，没想到完全不是这么一回事。为了讨作家欢心，他会请对方享用美酒佳肴，可当他们交出书稿后，贝冢就完全不闻不问了。而且，他不会去确认校对员用铅笔细细写下的注记内容，而是直接将校样返回给作家。要是被指正的内容触碰了作家的忌讳，贝冢就会来校对部抱怨他们把作家惹恼了。去年，悦子就曾因为这种事而跟本乡闹得不愉快。尽管如此，作者今年却还是指名悦子负责校对工作。或许连贝冢都大感意外吧。

“你去年惹毛他了对吧？原因是什么来着？”

“因为他笔下的女大学生说话太老气了，我找了女大学生常看的杂志，然后把读者投稿专栏复印了一份，跟校样一起给了他。”

“这样他当然会不高兴啊。”

“你说一般情况下，在电车里看到喝得烂醉的中年大叔，有女大学生会上前问他‘叔叔，您还好吗？是否身体抱恙？’

这种话吗？之后还顺势一起上旅馆？”

“不会。根本就不会搭话吧。”

“对吧？这样的设定根本就有问题。我也指出了这一点，结果他很生气地回复说：‘这就是杜撰的情节啊！’”

关于悦子质疑的所有台词和剧情设定，对方传回来的校样上要求全部恢复原样，于是小说就这样出版了，销售状况极其惨淡，首印之后就再没有加印。一般在这种情况下，原来的出版社不可能再替该作家出书了；但本乡已经开始在杂志上连载新的小说，没办法写到一半换出版社，所以只能由景凡社再次帮他出版单行本。

今天是校对部的截稿日。之后稿子会发给外校员，经过二次校对后，再回传给文艺编辑部。悦子在校对员的签名处盖上自己的印章，将贴满便签的校样放在桌上整理好之后，背后传来“喂，宽松世代①！”的声音。她转头一看，发现是贝冢。

“你今天有空吗？”

“啊？你没头没脑地说什么啊？”

---

① 宽松世代：日本原创词语。指 1987 年以后出生的孩子，因考试不发表排名成绩，奉行宽松的教育方法，所以把这一批孩子叫作“宽松世代”。——编者注

“能参加聚餐吗？可以对吧？那我们走！”

贝冢拉住悦子手臂的瞬间，部长办公桌上的小型时钟传来提示下班的闹铃声。

与编辑不同，校对员通常不会和作家见面。但现在，一名接近耳顺之年、名为本乡大作的男人，就坐在悦子的面前。一下班，贝冢就拉着仍搞不清楚状况的悦子一同坐上出租车，前往铁板烧餐厅，让她第一次体验何谓“作家餐叙”。在烤肉与海鲜香气满溢的狭窄店内，周遭的中年男性客人全都有着“老师”这样的头衔。

“原来河野小姐是这么年轻可爱的女孩子啊。你怎么不早说呢？”

本乡大作至今仍使用十年前的照片作为作者“近照”，看起来大概比当年发福了一圈。他用一只手捧着看似很时尚的巨大酒杯，盯着悦子说。

“不，她只有外表还能看而已，其实嘴巴超毒的，不适合带出来见人。请问您夫人身体怎么样了？”

“嗯，我想应该只是普通的感冒。”

“你绝对不要开口，只要面带微笑听老师说话，然后点头就可以了。”

踏进店里之前，贝冢这么告诫悦子。平常和编辑开会讨论工作时，据说本乡必定会带妻子同行；不过，今天妻子因病在家休养，他就要求贝冢带个女孩子过来参加餐叙。但编辑部的女性职员全都不愿意去，情急之下只好找上悦子——这是贝冢的说法。至于贝冢说的嘴毒，其实是悦子为了让校对部别太重用自己，以便早日从文艺书籍相关部门被调到女性杂志部门的演技。关于这点，除了米冈以外，贝冢和校对部里的其他人都被蒙在鼓里。然而，长期扮演这样的形象，也让她慢慢有种自己真的是嘴巴很毒又嚣张的女孩子的错觉。

“河野小姐，你平常都看什么样的书？喜欢哪位作家？”

一如贝冢的要求，悦子没有开口说话，只是笑着点点头。

“你用不着不好意思。现在的年轻女孩会看有森树李的书吗？”

“……”

听到贝冢在耳畔提醒“笨蛋啊你，这种时候要开口回答啊”，悦子老实表示“我平常只会看时尚杂志而已”。于是本乡大作带着一脸“咦？”的表情望向她。将酒杯中的酒饮尽后，悦子再次开口道：

“不过，您说的这位作家的名字，我也看过很多次。前年2月和去年9月出刊的*Lassy*，都有这位作家的新刊专访；今年2月的*Lassy*，刊登了他和在日剧中饰演女主角的女演员的对谈。因为那位女演员的裙子和发型实在太不搭，所以我忍不住看得都笑出声来了。造型师应该要多下点功夫才行啊。”

一边回忆、一边这么回答后，本乡笑着对她说“你记得真清楚”，然后喝下杯中重新注满的酒。

“你真的不是他的书迷吗？”

“不是，我也没看过有森老师的书。另外，您去年 5 月接受了 *Enough* 的‘夫妻肖像’专栏的采访对吧？您表示夫妻相处的诀窍，就是不要过度干涉彼此，让两人保持着一定的距离。”

“像你这种年纪的女孩子，也会看 *Enough* 这类以中年男子为读者群的杂志吗？”

“只要是景凡社出版的时尚杂志，无论锁定的读者群是男是女、是任何年龄层，我每一页都会看。顺便提一下，接受专栏采访时，您系着 Etro 的领带，还别着 Damiani 的领带夹。我觉得这样的搭配太做作了。如果您有自己的造型师，我想还是换一个人会比较好。”

“……”

贝冢和本乡不禁面面相觑。反正如果本乡因此被惹怒，该负责的人是准许自己发言的贝冢。所以，悦子只是毫不在意地大口吃着刚烤好还冒着热气的夏多布里昂牛排。原来编辑可以时常吃到这么美味的东西啊——她内心的感动瞬间转变为愤愤不平，再次喝干杯中注满的葡萄酒。

“河野小姐，你的记性非常好啊。”

“还好吧。我也只记得杂志的内容而已。”

“那么，你能说出十五位左右的 *C. C* 专属模特儿的名字吗？”

“从我开始看 *C. C* 那年算起的话，这本杂志的专属模特儿有十七位，挂名专属、但同时也接受其他工作邀约的模特儿则有十位。您想问哪一类呢？”

悦子一边回答，一边咀嚼作为配菜的豆芽菜，就着葡萄酒吃下去。她觉得有些头晕，一旁的贝冢皱眉表示：

“你还真是个彻头彻尾的宽松世代呢。”

“什么？身为宽松世代的我们，可是国家政策之下的被害人啊。你要是晚个两年出生，也会变成宽松世代的一分子。只是差个两年，少在那边自以为是了。”

“不要什么都推给国家或别人，好像只有自己是被害人一样。你们宽松世代就是这样……”

“宽松世代平常才不会说这种话。而且，为了不要被你这种肤浅的大人说成‘好像只有自己是被害人一样’，我可是每天都在踏踏实实地努力工作，你这家伙才应该好好看过原稿之后再传给我们。明明受的是填鸭式教育，校样上留下的红字和铅笔字也太多了吧，真是无能。”

听到悦子的回应，本乡先是哑然，接着便哄堂大笑起来。

一旁的贝冢则无言以对地握紧拳头。

已经没有什么好失去的东西了。只要能早日离开校对部，调到时尚杂志部就行了。

对于自己出言不逊的行为，喝得烂醉的悦子其实并没有涌现如此帅气的想法。隔天，严重宿醉的她几乎完全无法工作。

天气逐渐变热的两周后，二校稿回来了。悦子透过放大镜，确认初校所指出的漏字、首次出现的汉字标音及调整内容是否有误。

“我实在是太优秀了！”

花了两小时检查完第一章，确认文字部分完全无误后，接着是再次审核内文是否有不合理之处。除去男女之间的性爱描写过多，以及女性的台词太过时而不符合时代这两点，虽然令人有点不甘心，但本乡大作的小说其实还算有趣。

“优秀的是印刷厂才对。”

今天截稿的米冈在一旁头也不抬地开口。

“哦，昨天那位业务员穿的是 Black Barrett 的衣服，但他用的袖扣却是 Justin Davis 的耳环。你去告诉他那不是袖扣，而是耳环，然后乘机和他培养感情吧？”

“我说，你可以把你的记性活用在时尚以外的方面吗？”

“做不到。”

悦子一边翻着日文辞典一边回答。她的脑袋记得至今为止看过的所有时尚杂志的常用词汇；可是，直到去年，她连悬疑小说里常出现的“尸蜡”一词的日文发音都不知道，至今也还搞不懂那究竟是什么东西。她甚至一度以为“山风”是偶像团体专用的某种暗号（结果是指一个叫山田风太郎的人）。

“没办法运用在工作上吗？”

“嗯，没办法。在这个部门工作，的确会变得稍微能体会到小说的有趣之处，但我还是觉得时尚杂志更有趣，也更有用处。”

接着，悦子压低音量继续解释。虽然很喜欢研究时尚，但自己的热情并不在于想设计衣服，或是钻研穿搭造型。从小，悦子就只喜欢穿漂亮的衣服，欣赏穿着漂亮衣服的模特儿。时尚是一门高深的学问，而时尚杂志就是这门学问的课本——悦子总是这么想。而她也明白，包括自己在内，会有这种想法的人大概占少数。啊——真想快点被调到 *Lassy* 的编辑部。

悦子一边阅读内文，一边确认初校时配合小说内容制作的月历和JR（日本铁路）时刻表，然后轻轻“啊”了一声。主角的出行时间有点不对劲。

在这本小说中，主角因喝醉酒而在路边呕吐时，一名女子伸出援手照顾他。主角不知道这名女子就是犯人，于是开始追求她。在两人共度春宵后，尽管迷恋该名女子的肉体，主角仍继续和其他女性发生关系。但之后，他所到之处陆续死了三个人。主角落入女子的陷阱，被诬陷成杀人犯，这就是这本悬疑小说的大纲。最后，身为真正凶手的女子将一切坦白道出，然后就从崖边跳了下去。男主角的职业是陶艺家。关于陶艺方面的知识，本乡似乎曾和贝冢去深入取材过，所以在审核疑点的部分并没有发现错误。可是，主角的出行时间太奇怪了。

为了确认JR时刻表的内容是否有误，保险起见，悦子打开列车换乘说明的网页，研究从东京车站到事件发生的城市所需的时间。内文提到得耗费七小时以上的车程，网页上实际显示的时间却不到五小时。原本以为这是什么伏笔，所以又大致把所有内容看过一遍后，悦子仍找不到可能相关的剧情发展。她用铅笔写下正确的列车进站时间，再加上“？”记号后，继续调查到其他地点所需要的时间。结果，她发现小说中的车程全都和实际情形差了两到三小时。

悦子对自己没在初校发现这个漏洞感到有些懊恼，而贝冢竟然也忽略了这个错误，实在是太不负责。她用铅笔针对所有问题点写下注记。一旦时间上出现误差，风景描写也会跟着出错。如果是在中午十二点从东京出发，经过七小时后，照理说已经天黑了；但根据实际的出行时间，应该还看得到夕阳才对。除了指出这一点之外，虽然觉得对方八成不会修改，但悦子还是顺带针对年轻女子过时的说话语气写下注记。

到了午休时间，悦子从座位上起身时，“杏鲍菇”过来向她搭话：

“本乡老师好像很喜欢你呢。”

“在那种情况下还喜欢我，实在让人无法理解。”

今天是东西百货特卖会的第一天。悦子一分一秒都不想浪费。她抛下欲言又止的“杏鲍菇”，一路小跑地离开公司，叫了出租车直奔东西百货。

从架上取下自己相中的鞋子，并告知店员需要的尺寸后，悦子瞥见出现在视野中的某个人物，不禁“啊！”了一声。对方也同时和她做出相同的反应。

如果有人说这是命中注定，那她绝不会再相信什么命运安排——悦子这么想着，但还是朝对方轻轻一鞠躬。那是一名肥胖的男子。他站在挤得水泄不通的鞋子卖场里，以乏味的表情看着一名五十岁左右的女子试穿样式朴素的高跟鞋。

“前几天承蒙您关照了。”

在本乡打算开口说话时，女子早他一步问道：“哎呀，这位是？”她应该就是传闻中那位和他鹣鲽情深的妻子吧。尽管脸上带着笑容，凝视着悦子的视线却冰冷得吓人。

“我是景凡社的河野，目前是本乡老师的原稿负责人。”

“老公，你不是跟我说出版社的编辑都是男人吗？”

女子以可怕的表情瞪着本乡。悦子连忙简洁地向她说明“自己不是编辑，不会直接与作家联系。自己隶属的部门，只是负责检查原稿、版权页、腰封等整本书的文字叙述是否有不合理或错误之处”。

“既然不会直接与作家联系，你又怎么会认识这位小姐呢，老公？”

女子继续逼问本乡。尽管能从服装打扮推测出她的实际年龄不小了，但从外表看仍然美丽动人。她正以一脸凶神恶煞的表情瞅着自己的丈夫。悦子再次一鞠躬表示“那我先失陪了”，然后便打算离开现场。不巧的是，店员这时刚好替悦子拿来她想要的鞋子，她只好在距离两人很近的地方试穿。那是一双有着闪闪发光的细碎亮片和十一厘米细跟的红色鱼嘴鞋。在春季号的杂志上看到时，悦子判断这款鞋应该到特卖会的时候还会有库存。就在她怀抱着感动不已的心情，轻轻将脚尖探入这双华美的鞋子里时——

“现在的年轻女孩，都喜欢这种像是青楼女子才会穿的鞋子呀。”

不知为何，那名疑似本乡夫人的女子开始观察起悦子，还以带刺的语气说出这种话。

“您讨厌青楼女子的打扮吗？”

“讨厌呀。因为很没有品位嘛。”

“那么，夫人。请问您为何会来逛这间贩卖青楼女子所穿的鞋子的商店呢？再说，从以前开始，无论东瀛或是西洋的时尚潮流，都是由青楼女子引领出来的哟。”

悦子头也不抬地这么回答，然后在镜子前试着原地踏步几次。她朝镜中的一角偷瞄，看到本乡一张涨红的脸，以及女子惨白的脸。反正跟我没关系——悦子这么想着，脱下脚上的鞋子，和信用卡一起递给店员。

不出所料，到了隔天，贝冢来到校对部大声咆哮，怒吼着：“你在搞什么啊！夫人简直气炸了！”他的脸和昨天的本乡一样红彤彤。悦子一边伸手掏耳朵，一边不慌不忙地反驳：

“我说，让我和本乡老师见面的人可是你。要是你没安排那次的餐叙，我跟他就是素不相识的两个陌生人。还有，出现在这次的原稿里头的行车路线，全都比实际多出两小时。这是为什么啊？”

“你只要闭上嘴巴，安分地用铅笔写下注记就好！这下麻烦了，本乡老师说不定不会再替我们写书了！”

“这种问题我哪知道啊。毕竟我只是‘只要闭上嘴巴，安分用铅笔写下注记’就行了呀。”

悦子点进网页的地图功能，看着街景画面回答。就算沿路都放慢速度行走，也不至于必须多花两小时。昨天下班后，她买了本乡在其他出版社发行的两本小说。分别是他的处女作及在一年半前出版的著作。回到家之后，她针对搭乘电车的叙述，透过换乘说明的网页一一确认车程。在处女作里头，主角的出行方式是开车；不过，另一本一年半前出版的作品，也同样出现了多出两小时的问题。悦子总觉得或许要把原因调查清楚比较好。

不过，既然对方都叫她“只要闭上嘴巴，安分用铅笔写下注记”，那就算了吧。

她转身面对还在一旁大吼大叫的贝冢，忽然问了一句：“本乡夫人是个怎么样的人？”

“什么？”

“一般来说，到了那个年纪的女人，不会把自己的情感那么明显地表现出来吧。看到年轻女孩出现在面前，就算只是做个样子，也会露出像是看到小孩那种充满温情的眼神才对。”

“你才见过对方一次，怎么可能了解这种事啊？”

“在女人心理这方面，我比你聪明得多，所以就是能了解啊！”

“三流大学出身还敢说自己聪明，你脸皮可真厚。”

“不是三流大学，而是旨在培育温柔的贤妻良母的圣妻女子大学。要是有圣妻的女孩子来参加联谊，就算是你，也绝对会疯狂追着人家跑吧。”

看到贝冢沉默下来的反应，对他——或者说是对全天下的男人都有些失望的悦子继续说道：

“你之前不是很自豪地说，编辑应该时刻设身处地为作家着想，全力支持作家吗？既然这样，你要不要再仔细观察一下？有那种太太，我想本乡老师一定过得很辛苦呢。”

“这我也知道！”

“那你就应该自己解决这种问题吧！不要把别人也卷进麻烦事好吗？”

这次，贝冢真的说不出话了。在轻轻咂嘴后，他离开了校对部。尽管一旁的米冈献上掌声，但悦子之后还是被“杏鲍菇”训了一顿。

只要安分用铅笔写下注记就好了——正如这句话，悦子默默写下自己发现的疑点，并在三天后将稿子发给外校。接着，新的一批校样来了。这次是一名年轻女性作家有点像私小说[①]的出道作。看着段落间距很大、留白部分充裕的校样，对内文的不合理之处写下注记的同时，悦子有种心灵被洗涤的感觉。那宽松的段落间距、没有邪念的内容，以及想必经历编辑用心审核后留下的极少量问题点，都让她有这种感觉。

尽管悦子想试着遗忘“多了两小时”这样的疑点，新的疑点反而跟着冒出来。就算不把时间交代得那么清楚，对故事的进展也不会造成影响，但本乡却选择把分钟作为时间单位，实在让她备感不解。悦子试着确认其他作家撰写的悬疑小说，但除了“铁路悬疑”这个范畴的作品以外，她没看到其他把时间叙述得如此详细的内容。相反，这三年以来由景凡社出版的本乡著作，全都详载了出行时间。

午休时，“杏鲍菇”叫住了打算去便利店的悦子。听到他说要请客，悦子老实地跟着这位上司来到天妇罗专卖店。她点了高级炸虾盖饭，坐在满是油炸食物香气的吧台前等待炸虾被捞上来时，“杏鲍菇”开口了：

“刚进公司的时候，我曾经担任过本乡老师的责任编辑呢。”

“部长，你以前是文艺编辑部的啊？”

---

① 私小说：日本文坛将作者以第一人称叙述故事的小说均称为私小说。——编者注

"嗯。那时的我们都还是单身。那阵子，'小说作家'在社会上算是很响亮的头衔，所以本乡老师之前非常有女人缘呢。"

"他应该属于在那之前完全没有女人缘的类型吧？"

"我也不知道。不过，他在三十多岁的时候结婚，之后又过了几年……河野，你也见识过了吧？他的夫人是个醋坛子。因为这样，本乡老师在每家出版社的责编，之后清一色都被换成男性编辑了呢。"

炸虾盖饭被端上吧台桌面。悦子对"杏鲍菇"的话题不太感兴趣，她用筷子夹起炸虾，但"杏鲍菇"仍继续往下说：

"之前有机会跟你一起吃饭，好像让本乡老师很开心。"

"我倒是一点都不开心。话说回来，他们夫妻俩就算一起外出，看起来也完全不像开心的样子。那样真的能算是疼老婆的小说作家、鹣鲽情深的夫妻吗？"

"夫妻也分成很多种呀。"

虽然这算不上是回答，但悦子实在没有半点兴趣。她花了十分钟把炸虾盖饭吃完后，就先回到公司所在的大楼，从一楼大厅的杂志书架抽出今天刚出版、锁定五十岁左右的女性为读者群的杂志，坐在沙发上翻阅起来。

"那本杂志的夫妻烦恼咨询专栏很有趣哟。负责回答的大叔净是讲一些荒谬到极点的言论。"

看起来很闲的前台今井，从柜台后方对悦子说道。

“夫妻的烦恼？今井，你结婚了吗？”

“没有，还在同居。那个专栏在后面的黑白内页。你看一下吧，真的很有趣。”

悦子照着她的建议翻页。看到文字专栏时，她瞥见双手抱胸、还露出一脸得意表情的本乡出现在页面上。她吃了一惊，本乡居然也会接受这种杂志约稿。在翻看的过程中，她感觉这几天一直笼罩在脑中的白雾缓缓散去。面对这位主妇“丈夫有外遇，我该怎么办才好？”的问题，本乡这么回答：

——只要放宽心胸等待，男人一定会回头的。在这之前，请先提升你原本放弃的女性魅力，在丈夫回来时用笑容迎接他，对他说声“欢迎回家”吧。

换作是平常的悦子，大概会大骂一句“白痴啊！”，甚至气到发抖。但她今天只是将杂志放回书架上，向今井道谢，然后回到校对部，迅速打了通内线电话给贝冢。

“怎么啦？我可不接受你的道歉哦。”

口中貌似还嚼着午餐的贝冢不悦地开口。

“哎，这几年来，本乡老师有没有一直在交往的情妇之类的？”

“这跟你无关吧。”

“所以说就是有喽？喂，能再安排我跟本乡老师见面吗？

我绝对不会再失言了。我们部长也说本乡老师觉得跟我喝酒很开心呢。”

电话另一头传来贝冢咂嘴的声音。他短短地回了一句“我再问问看”之后，便挂断了电话。

“请您和尊夫人和好吧。”

因为连无关痛痒的闲聊都觉得麻烦，悦子干脆向本乡一鞠躬，然后开门见山地提出这样的要求。在有着现场钢琴演奏的帝国大饭店的餐厅里，一名年轻女子几乎要跪地磕头的动作，看起来想必滑稽不已吧。服务员们的目光很明显地移向这边。

“不，我没有生气啊。是我太太说了带有歧视意味的话，不是你的错。”

“我不是指这件事。我只是希望能把单行本里的出行时间修改成正确的。”

抬起头来之后，一如悦子所想，本乡的表情看起来有点僵硬。

“我想早点被调到时尚杂志的部门去。为此，我必须把现在的工作做到完美。如果被读者发现书中的出行时间有误，了解出书过程的人，一定会觉得是校对员的疏忽吧。我不想被人看成这样。”

在沉默不语的本乡身旁，贝冢露出仿佛已经举白旗投降的表情看着悦子。很好，你就继续保持安静吧。

“本乡老师。您在杂志里叙述的夫妻关系，纯属自己心中的理想吧？其实，尊夫人是非常喜欢干涉另一半的人，而且还会仔细阅读您的每一本著作。”

“这些都是你自己想出来的，还是谁教你的？”

贝冢带着已经放弃一切的表情，叹着气这么反问。

“是部长给了我线索。就算是跟编辑开会，夫人也都会到场对吧？除了取材旅行以外，本乡老师几乎没有自由的时间。所以，只能趁这个机会跟情妇见面。我说的没错吧，老师？”

悦子再次望向本乡。他带着一脸复杂的表情，思考该怎么做出回应。

悬疑小说的内容若是有漏洞，通常很快就会被读者发现。然而，比起悬疑要素，本乡的读者更在意情色的部分。大略调查之后，悦子发现主角的出行方式从私人轿车变成电车，并因此出现车程误差，是在这三年才开始出现的问题；然而，惊人的是，就算搜索供读者分享读后感的交流网站，也不见半个人对出行时间提出质疑。尽管如此，这个漏洞总有一天会被人发现。

“为什么我得为了你将来的工作发展而提供协助呢？再说，你现在连编辑都不是，没有资格对我说这些吧？”

这是本乡在大约三十秒的沉默后做出的回应。

“要是编辑能好好看过原稿，然后指出这个错误，我也用不着像今天这样抢着出风头了。今天，如果是贝冢提出同样的要求，您会接受吗？”

“不会。”

“为什么？”

“因为我想维持和妻子目前的生活。”

听到这里，悦子不禁脱口骂了一句“这也太蠢了吧”，而她的脑门同时也挨了贝冢一拳。对了，自己之前答应他不会失言嘛。

“在你这种还不太了解男人的年轻女孩眼中，我或许很愚蠢。不过，我们的夫妻关系就是建立在这样的基础上。我太太看不懂时刻表，也不知道怎么上网，甚至不会跟我以外的人外出。尽管她只能通过我，以极其狭隘的眼光看这个世界，但是她也愿意接受这样的人生。你或许无法明白这种事吧。”

“那您又为何要指名年轻而不懂世事的我，来负责这本著作的校对工作呢？”

“因为上次的校对内容很有趣，是我不曾看过的观点。虽然我最后还是没有接受那些意见。”

原来对方把自己的工作内容当成一种娱乐了？一股乏力感和些微的怒意涌上心头。但这些纯粹是自己的个人感受，所以不能表现出来。悦子轻抚着刚才挨揍的地方忍了下来。

“下次请恕我拒绝。”

“不要紧，这是最后一本了。我之后不会再委托景凡社出书了。”

听到这句话，贝冢一定会慌忙下跪劝说本乡吧——悦子这么想着。然而，出乎她的预料，贝冢只是回应一句“我明白了”，便拉着悦子的手臂起身。

“老师，祝福您往后的人生平安顺遂。走吧，河野。”

“啊？就这么走了？”

贝冢抛下一句“快走吧”，就直接穿过大厅，在饭店门口拦下一辆出租车。悦子回头的一瞬间，映入视野的本乡身影，看起来莫名的瘦小。

原来，所有责编都知道这件事，只是装作不知情罢了。

“怎么回事！为什么啊？你应该一开始就告诉我啊！我之前的那些努力算什么啊！”

在无人的昏暗的校对部里，悦子一只手捧着煮太久而变酸的咖啡，把内心的怒气一股脑宣泄出来。

“你也见过老师的夫人吧？去取材旅行的时候，本乡老师告诉她‘这是工作，所以我没有余力照顾你’，他好不容易才挤出一个人的自由时间，但夫人还是每隔一小时打一次电话查岗。他完全没有一个人放松心情的时间啊。”

“他一定是因为外遇被抓过一次，之后就一直被监视了吧。”

“你怎么知道？”

“我说过啦，在女性心理方面，我比你聪明得多呢。所以呢？每个出版社都团结一致地帮老师隐瞒情妇的存在？唉，我可以再说一次吗？这也太蠢了吧。”

“真的是很蠢呢。”

听到贝冢意外坦率的回应，悦子有些惊讶。去年，悦子曾对本乡的著作提出“年轻女性的说话方式不合时宜”的质疑；但本乡似乎是为了避免被妻子追问“你什么时候跟年轻女性说过话”，所以才没有采纳她的意见。话虽如此，这样的校对内容读起来倒还挺有趣的。因为这样，他才会再次指名由悦子担任校对。

“那个年代的作家啊，几乎都是以工作为先，而不太在意自己的家庭。可是，本乡老师却深爱着自己的太太。这点我觉得很厉害。”

“深爱着太太的男人才不会搞外遇。就算有外遇，也不会让她发现。不，应该说完全不会有情妇才对。”

贝冢露出无力的笑容回应：“对，没错。”他把身体靠在椅背上，仰头看着天花板。

“唉……死定了，我明天一定会被部长骂个狗血淋头。明明就不是我的错啊。”

“正好乘机让他把你调到其他部门啊。”

“不行，我手上籍籍无名的优秀作家还很多，我想好好发掘、捧红他们。”

这时，校对部的大门被打开，米冈大踏步走了进来，顺手按下电灯开关。突然变亮的室内，让人一瞬间睁不开眼。

“啊！奇怪，你在这里做什么，河野妹？咦，贝冢？”

“我还想问你呢。怎么这么晚还过来啊，米冈？”

米冈和贝冢是同期进入景凡社的职员。米冈回答“我有东西忘了拿”，然后便来到悦子身旁，将钥匙插入办公桌抽屉，从里头取出皮夹。

“这个时间，你们偷偷摸摸地在这里做什么呀？暗通款曲？”

“你的用词也太古风了吧。我说，你也太粗心了吧？竟然把这么重要的东西忘了拿！”

“这是从我手上的校样看来的。暗通款曲听起来很不错吧？让人有心动的感觉。”

接着，米冈和贝冢开始热切讨论起“暗通款曲”这个词语。悦子在一旁茫然地看着他们交谈，深感这个部门果然不是自己应该待的地方。她对文学没有兴趣。面对小说中出现的艰涩词汇，她也必须一一翻字典才能了解意思。想要好好完成被分配的工作，她的热情实在是不够。悦子做了一次深呼吸，从座位上起身。

“我回去了。”

“啊？讨厌，难道我真的打扰你们暗通款曲了？”

“不是啦。我觉得有点累了。”

悦子望向时钟，发现现在已经是晚上十点了。这是她第一次在公司待到这么晚。悦子独自坐电梯下楼。电梯门在某个楼层打开时，她发现走廊另一头的女性杂志编辑部，仍充满着跟白天一样的蓬勃朝气。真想赶快到那里去啊。她眺望着这样的喧嚣大约五秒后，没有新乘客进来，电梯门缓缓地自动关上了。

又过了三个星期。在炎热的暑气之中，文学界因为两大文学奖的颁奖典礼而热闹非凡。同时，印刷厂送来了本乡新作的样书，校对部也收到了一本。尽管连看都不想看，但为了确认自己的校对内容被采用了多少，悦子还是翻开了这本书。

“啊，已经出啦？呜哇！贝冢还是老样子，完全不会写腰封的宣传语。”

米冈从旁边探过头，看到套在封面上的腰封写着“女人总会在男人的旅途上留下谜题”这行微妙的宣传文字，忍不住笑了出来。悦子也不禁怀疑贝冢是否真的有心想推销这本书。不过，比起这些，她又将已经读过的正文部分重看一次。

“时间改过来了……”

“咦？是你说差了两小时的那个吗？”

主角搭乘电车的场景一共出现过四次。悦子把这四个地方全部确认过，发现都改掉了。估计贝冢不会去翻书确认，于是她打算拨一个内线电话过去通知，将手伸向话筒的同时，电话响了起来。

“您好，这里是校对……”

“你看到了吗！都是我的功绩！我的功劳！你看看！”

悦子还没来得及说些什么，对方便挂上了电话。过了两分钟后，贝冢冲进校对部，一脸得意扬扬，手上同样拿着本乡的新作。

“非要说的话，我觉得应该是我的功劳。”

“笨蛋，是我的功劳才对。因为负责最终校对的人是我啊。”

“可是，你也是到今天才知道改过来了吧？明明是负责最终校对的人。”

悦子此时猛然想到，不知本乡的妻子看到会做何反应。她把丈夫当成自己的全部世界，只能通过丈夫认识这个世界。本乡外出取材那天的出发时间和回家时间，她想必都还记得吧。如果发现了两小时的空白，她一定会追根究底，本乡家也会掀起风暴。

“如果被他夫人发现这一点，可怎么办啊？”

“原来你也会在意这种事？不过，只要说是校对员弄错了，就能轻松撇清关系吧。”

“这样有什么意义啊！我的校对内容明明无懈可击！”

悦子正打算起身抗议时，贝冢伸手摸索自己胸前的口袋，掏出手机。他低声表示“是本乡老师”，然后按下通话键。先说了一通客套话，“样书已经印好了”“成书看起来相当精美呢”，然后将手机递给悦子，并对她说“找你”。原本以为会挨一顿臭骂的悦子，露出厌烦的表情接下手机。不过，从另一头传来的嗓音却很平静——或者说是透露出某种举双手投降的感觉。

“我想送一套衣服给太太，帮我挑一下吧。”

“不行。”

听到悦子果断回绝，本乡略感意外地问道：

“为什么？你不是很擅长这种事情吗？”

“这是您要用来谢罪的礼物吧？这样的话，如果不亲自挑选，就没有意义了。”

本乡夹杂着笑声说：“说的也是。”

“啊，不过有一个重点。如果您送有‘青楼女子’风格的裙子或鞋子给夫人，她说不定会很开心哦。”

“我太太很痛恨这类东西。”

“一定是因为您第一个被发现的外遇对象是这样的女性对吧？其实，会说这种话的人，多少都对自己讨厌的东西抱有憧憬。”

“还真是种麻烦的生物啊……”本乡叹口气说。

“我现在真的没有搞外遇。”

他接着喃喃说道。

“只要您愿意修正原稿，这种事无论怎样都无所谓了。”

“我就知道你会这么说。我纯粹是想一个人静静罢了，就算是很短的时间也好。”

听到本乡平静的叙述，悦子犹豫着是否该将真相转告给责编，于是朝一旁的贝冢偷瞄一眼。不过，本乡或许也想维持男人的颜面，悦子决定将这件事埋藏在心底。

“祝您一切顺利。如果实在觉得太伤脑筋，我可以告诉您几款个人推荐的时尚品牌。”

“嗯。”

“期待您的下一本书。”

“好。”

将手机还给贝冢前，悦子便切断了通话。贝冢忍不住开口问道：

“你刚才是不是提到了‘下一本书’？”

“说啦。老师也说‘好’。这下子绝对是我的功劳喽。你找时间请我吃点什么吧？”

在一阵欣喜若狂的呐喊之后，贝冢小跑着离开了校对部。悦子喃喃地念着“这家伙好吵”，重新回到自己的办公桌坐好，发现米冈正带着一脸坏笑望着她。

“开始觉得校对是份令人开心的工作了吗？”

“一点都不。再说，刚才那又不是校对员该做的工作。如果贝冢能更认真工作的话，我也不需要做这种事了。”

悦子将身体靠上椅背，用力伸了个懒腰。哪里开心啦？校对根本就是一种机械化的工作。不过，其他部门的职员，甚至是作家，或许都有同样的感觉也说不定——悦子凝视着天花板这么想。

“总有一天，你也会了解校对的乐趣的，河野妹。”

“绝对不可能。我一定要到时尚杂志部门去。”

像是在说给自己听似的回答米冈后，悦子拉开办公桌抽屉。里头放着十几本自己负责过的书。她暗自祈祷这些书的数量不要再继续增加，然后将本乡的新书放在了最上面。

Part 2

第二话 校对女孩与女编辑

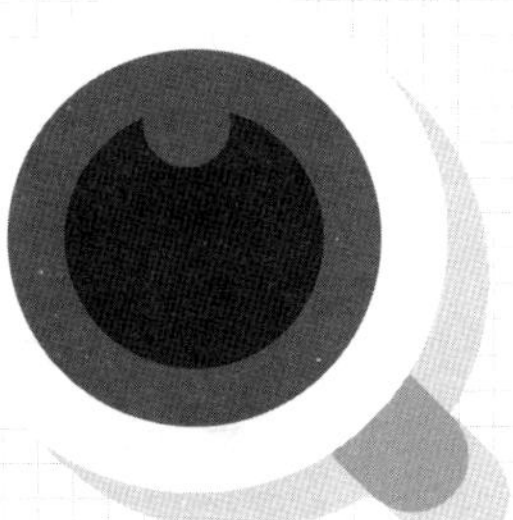

悦子的研习笔记　之二

【初校】书稿校样的第一弹。校对员的工作。

【二校】依据原稿核对校样，继续消灭初校遗留的差错，并核对初校所改之处是否正确。这也是校对员的工作。二校还是没有完全修正错误的话，就会一直延伸到三校、四校……

【追加校】为保证万无一失而再校一次。

【作者校】由作者进行的校对作业。

【终校结束】确认校对工作全部结束，书稿再无任何差错，接下来把书稿清样交给印刷厂。

【终校日】编辑无法回家的日子。

“咦？校对是做什么的？跟编辑不一样吗？你不是在出版社上班吗？工作内容是什么啊？”

眼前这名男性，有着一张大概走出这家店三秒钟后，就会让人遗忘的毫无特征的脸蛋。自称“操盘手”的他，摇晃着手中鸡尾酒的杯子，面带困惑的微笑询问悦子。他系着一条泛着沉静光泽、盾形纹加上斜条纹设计的领带。从袖口的形状判断，这身深蓝色的细直条西装应该是Loveless的吧。不过，用虎眼石打造的袖扣，让他看起来有种中年大叔的味道。

“我也还搞不太清楚呢。”

悦子今天化了一个完美的无辜下垂眼妆，身上擦了一些Jill Stuart的同名淡香水。虽然不合自己的喜好，但这件白色蕾丝迷你宽松连衣裙（化纤材质）似乎大受男性好评。手上则是Samantha Thavasa的粉红色包包。不过，为了保留最底线的个人风格，至少脚上穿的袜子是Antipast的。在被分配

到时尚杂志 *C. C* 的同期女性职员举办的这场正式联谊派对中，悦子不得已要让自己扮演成“受男人欢迎的女孩子”，可内心深处，她觉得这样的自己很丢人。

“对了，我上个星期买了一辆车哦。”

操盘手以比刚才更大一些的音量开口说。

“我也在上星期订了今年新推出的大衣呢。”

悦子不服输地回应。尽管如此，闹哄哄的居酒屋包厢仍未因此安静下来。

“进口车的维修保养真的很花钱呢。”

“我懂，像蚕丝或人造丝材质的衣物，送洗费用也是相当惊人哟。”

“我买的是意大利的车子。你猜猜是哪一辆？这种车型的速度很快。”

“对了，大多数人好像都以为 Loewe 是意大利的品牌，不过，你知道吗？它其实源自西班牙哟。”

“提示是，它的第一个字母是 A 。你猜得到吗？但女孩子大概不懂车吧。”

“你说的是在车手恩佐·法拉利独立创立车队后，于 F1 比赛中惨败给法拉利公司，之后又因为业绩惨淡而被菲亚特汽车收购。尽管如此，却还是不死心地以维斯康帝（Visconti）家的家徽继续营业的阿尔法·罗密欧（Alfa Romeo）吗？”

"……"

此时，原本在斜对面的座位和其他男子有说有笑，穿着打扮也近似悦子的今井，对她投以冷冰冰的视线，接着连忙开口帮悦子打圆场：

"不要紧的。你看，大发工业株式会社就是丰田旗下的机构，也负责帮丰田生产轻型汽车；斯巴鲁汽车也是呀。明明拥有能够制造飞机引擎的技术，参赛 F1 之后，却输得惨兮兮。这种事很常见呀！"

【校对】检查文章、书稿的错误和不合理之处，并予以修正、补充。

出自《新潮现代国语辞典》

景凡社的总公司位于纪尾井町，是以周刊杂志和女性时尚杂志为主力刊物的综合型出版社。大约于三十年前开始出版文艺作品，甚至在八年前设立景凡社自己的文学新人奖。不过，在现今社会中，仍以阅读为兴趣的人似乎只剩一小部分。再加上长期的经济不景气，售价偏高的文艺作品变得很难卖。为了保全"综合型出版社"的名号，景凡社的文艺编辑部不断蚕食着时尚杂志和周刊杂志两大主力刊物的营收，勉强存活至今。当初应该选择主攻漫画，而不是文艺才对——据说社长身边的人时常这么感叹。

说到出版社，旗下必定会出现的部门当然首推编辑部。此外还有不仅限于出版社，在众多企业中都能看到的业务部门。另外，诸如“广告宣传部”“总务部”等一般常见的企业组织中的主要部门，出版社基本上也都会设立。不过，其中也存在着只有部分出版社才会有的部门。那就是“校对部”。

到了午休时间，悦子一如往常地来到一楼大厅，从靠墙的书架上抽出今天出版的女性时尚杂志，坐在沙发上兴奋地摊开书页。

“喂，河野小姐。你喜欢汽车吗？”

坐在前台后面的今井出声搭话。她的一头卷发今天依旧完美动人。

“一点兴趣都没有。”

“那你为什么要说那种话呀……昨天参加联谊的男人，都露出了一脸退避三舍的表情呢。”

“我前阵子在校对的一本硬派侦探小说中，出现了很多跟汽车相关的内容。在核实内容的同时，也学到了很多相关的知识。是我不好，把气氛都给破坏掉了。对不起哦。”

“看了那么多女性杂志，你应该多少也学到些参加活动的基本常识才对呀。你是傻瓜吗？”

悦子完全无法回嘴。

担任前台的今井毕业于短期大学，是靠关系进入景凡社工作的。尽管只比悦子早一年进入公司，但实际上，她可以说是年轻女职员之中的最高掌权者（因为是靠执行董事的关系进来的）。到了时尚杂志每个月的出版日，悦子总会来到一楼大厅翻阅。这些她都看在眼底。

一开始，她原本以为打扮总是无可挑剔的悦子是一名女性杂志的编辑；后来得知打扮光鲜亮丽的她，却隶属于公司中格外不起眼，甚至无人能确切把握其员工生态的校对部，而且还是文艺作品的校对员，今井开始有些同情她，和悦子也变得熟稔起来。不过，悦子知道包括今井在内的前台，都暗中把自己说成"时可姐"（不是时尚又可爱，而是再怎么时尚都可怜没人爱的意思）。

趁着没有访客，两人开始讨论昨晚的联谊有没有看对眼的男人。这时，入口的自动门敞开，顶着一头绑得很紧的马尾、脚上踩着鞋跟已经磨损不少的低跟鞋、一副眼镜加套装打扮的女子，提着便当店的塑料袋走进来。虽然她跟年资两年的悦子是同期进公司，如今看起来却仿佛已经三十八岁了。

她用像是看到脏东西的眼神朝悦子等人瞥了一眼后，便将挂在脖子上的员工证贴向传感器，迅速步入电梯大厅。

"出现了，贞操带。感觉真差。"

等到女子的身影从视野中消失，今井以略微嘲讽的语气说。

“真糟带？”

“不是真糟，是贞操。感觉藤岩小姐就是会穿着那种钢铁制内裤的人嘛。”

“不不不，那种人穿的应该是 Gunze[①] 的棉质内裤吧？”

“你人真好哎，河野小姐。”

悦子一边在内心想着“我知道啊”，一边不自觉地朝藤岩消失的方向望去。她至今仍未校对过由藤岩担当责编的书籍，不知道她是不是真的在工作？

一点过后，悦子将杂志放回书架上，拖着沉重的脚步返回校对部。她今天早上收到了一份相当麻烦的原稿，感觉工作量也会变得很庞大。唉，真讨厌。

——东京车站是从何时开始变得如此风雅呢？

至少，在我仍以田町为中心四处游玩的学生时期，它并不是这样的。啊，那些令人缅怀不已的青春时光。我决定在本公司任职，除了因为有社长的赏识，也跟这条我深爱的京滨东北线有很大关系。

① Gunze：一家拥有 110 年悠久历史的日本京都蚕丝制品开发公司。——编者注

打从出生以来，我就一直在搭乘这条电车路线。这样的京滨东北线的一角，差不多是在我注意到他们——突然在东京车站现身的风雅人物，或者应该说是大人物——的时期开始变得风雅的。

虽然田口把他们形容成“走路迟缓到让人烦躁的一群家伙”而加以唾弃，但这想必是因为他没有正确理解到那些人的本性吧。风雅并不是指他们的言行举止，也不是那身衣裳，而是他们本人。

在高峰通勤时段差不多过去之后，从东京车站走进电车里的，是一群头上的平安乌帽散发出耀眼光泽的人。帽子染成贵气的紫色，用亮片绣上了代表他们隶属组织的几何学符号。

如果摘下那顶平安乌帽，他们看起来就跟我一样是个普通的企业员工。做这种花哨打扮的他们，正是我的好友损友，从秋叶原到大宫一带都有着强大影响力的“秋叶原宫实松”麾下的成员。

十五节车厢构成的电车即将抵达秋叶原。

风雅人大约占了乘客中的三成。一节车厢大概有两百的乘客吧。也就是说，按照这种算法，一共有 $60 \times 15 = 900$ 个风雅人在这列电车上。他们全都是实松自幼培养出来的人才。现在说这种话或许太晚，但我又再次深切感受到他握有多么大的权力。秋叶原宫实松。他是家喻户晓的我国第一电器街——秋叶原的创始一族末裔。

他们一族的起源似乎可以追溯到源平时代。身份高贵而属于一族中的主流族群的秋叶原宫一族，因其高贵风雅的气质（说穿了就是花哨）和精湛的技术能力，成为君临那个时代的存在。据说他们的统治长达五个世纪。然而，拥有优秀的技术能力，未必就一定能够受到当代统治者欢迎。

进入混乱的日本战国时代后，为了将秋叶原宫一族的技术能力化为己有，各大诸侯纷纷群起叛乱；在发现无法实现这样的目的后，他们便彻底弹劾秋叶原宫一族，扬言要是不肯归顺于自己，就要将这一族赶尽杀绝。

我不知道这件事情究竟是真是假。这是我从实松口中直接听来的。我和实松是同一所工业高中的校友。或许是因为风雅的穿着打扮及那无可救药的高贵的语气吧，实松被戏称为“麿”而持续受到排挤。在受到我各方面的帮助后，为了表达感谢，他把一族的起源细细说给我听。虽然没有比这更令人困扰的事情，但我还是被这个壮阔的故事所吸引。就读高中的那三年，我一直都在听他诉说秋叶原宫一族令人唏嘘不已的过去。

现在，实松成了我们公司最高级的贵宾，同时也是一名令我恨得牙痒痒的客户……

首先，悦子用铅笔在汉字数字和阿拉伯数字混用的地方写下注记。在“好友损友”中间加上“兼”，“两百的乘客”中间加上“名”。“本公司”和“我们公司”是否需要统一？接着，她又在频繁出现多次的“一族”旁边画线，加上“删除？”的疑问。最后，有点变粗的铅笔笔尖，像是水母的触手般在校样上方来回游移。

——秋叶原宫一族并非实际存在的历史人物。这样OK吗？

——在源平大战的年代，不存在秋叶原这个地方。这样OK吗？

——戴着散发出光泽的平安乌帽的那群人，身上穿的是西装还是平安时代的服装？稍微描写一下，或许有助于读者想象？

在出现问题的段落上打钩后，悦子勉强在版面外框的留白处写下字迹歪歪扭扭的注记。但写完之后，她又觉得提出这些质疑是在白费力气，便慢吞吞地用橡皮擦掉注记文字。

总觉得一团乱呢。这份稿子让她完全不知道该从何校起，头几乎都要炸了。

上午草草看过一遍之后，悦子觉得这就只是个在螺丝生产企业工作的上班族，搭乘京滨东北线从蒲田前往大宫的通勤故事。书名明明就是《好像狗》，整篇文章却不见半只狗登场。在故事末尾，只出现了风雅的平安乌帽集团，在埼玉新都心车站附近坐上“线型马达牛”（能够以音速行驶的牛车）的叙述。悦子重重地长叹一口气，把椅子转向窗户的方向问道：

“哎，部长。我该怎么校这份稿子啊？”

“那是谁的稿子来着？”

“是永是之的单行本增加的内容。”

也就是说，比起在杂志上连载的原稿，这种稿子需要加工的内容更多。而且，编辑部一起送过来的校对指示文件，几乎是一片空白。

“噢……那个人是纯文学作品出道的，只要校对错别字或漏字就好了。因为针对他的写作内容去查证事实，也就等于是白费力气。”

会写出这种文章的人，到底长着什么样的脑袋啊。悦子转身重新面对桌上的校样时，一旁传来擤鼻涕的声音。她抬头寻找声音来源，发现米冈红着一双眼正在从盒子里抽卫生纸。

“咦，你干吗哭啊？太尴尬了。”

“这……这本小说特别棒……是我最喜欢的四条老师的新作……”

用力擤了擤鼻涕后，米冈将卫生纸扔进垃圾桶，再次将视线专注于校样上。虽然不清楚米冈的内心性别，但一个外表看起来是成年男人的人哭得这么激动的情景，悦子还是第一次见。而且，米冈握着铅笔的右手已经完全停下了动作。哎呀呀……悦子这么想着。

悦子对小说没有兴趣。初中的时候，因为受朋友影响，她看过一阵子手机版在线小说。可以说是在进入景凡社工作之后，她才开始正式阅读纸本书，而且从中感受不到什么乐趣。相比之下，米冈是文学院的日本文学系出身，也是那种能够乐在其中阅读小说的人，还会跟时常跑来校对部的同期编辑贝冢讨论近期有趣的文艺书。接着，一如悦子的料想——

“米冈、河野，把你们负责的校样交换一下。”

“杏鲍菇”（部长）下达了这样的指示。凑巧的是，两人手上的稿子都是文艺编辑部今天早上发过来的，所以现在还来得及。自己或许有机会脱离这份意义不明的原稿。

“不……不好意思。不要紧的，我还可以继续校。”

“不行，如果对内容入戏太深，就没办法冷静校对了。快点交换吧！”

的确，是永是之的校样完全无法让人投入情感。而且，如果校对员过度沉溺于小说剧情之中，就很容易疏忽掉错字漏字等问题，查证事实也会变得马虎。

本着对日文之美的热爱，再次雕琢作家的文字，使其转化为更准确、更优美的成品，这已足够让米冈感受到至高无上的喜悦了。而凌驾这种喜悦之上的“优秀”小说，究竟有着什么样的内容呢——悦子一边这么想着，一边将整叠校样堆到米冈桌上。然而，米冈却用上半身压住他的校样，朝悦子大声嚷嚷：“不给你！”

“你怎么这样？你现在的状态能好好校稿吗？”

“可以啊！这可是四条老师睽违十年在我们社出的书啊！让我做这本吧！”

“还是先借我看看吧。你校到第几页了？”

听到悦子的发言，米冈不太情愿地将整叠校样递给她。发现他看到第九十六页，悦子便锁定这个范围重新看一次。在一开始的部分，原本还满是用铅笔和红笔仔细写下的注记。然而，过了第四十页之后，校样上开始看不到任何注记了。即使是必须修正的问题也完全未做修改。

“你看，这你都忽略了啊。有好几个‘掴’都写成新汉字的字体了，汉字标音则是置中跟置左两种格式混用。有的地方换行了，首行却没有空出字符。这些疏漏一眼就能看出来啊。”

“……”

米冈带着一脸恨意的表情伸出手，企图抢回自己负责的校样。

“还是我来校吧！这本读起来比较轻松，所以我也要选这本！”

“不行！还我，我要做这本！救命啊，四条老师！”

在悦子和米冈一边哇哇大叫、一边抢夺校样时，后面突然传来一个高亢的女声：

“等等，你们在做什么呀！”

悦子望向大门处，发现今井口中那个穿着贞操带的藤岩，手中捏着一张两百字的稿纸，一脸凶神恶煞的表情伫立在门口。再次见到她，悦子依然真心觉得她身上的套装俗气无比。悦子朝桌上的校对指示文件瞄了一眼，发现让米冈执着的这份校样，责编正是藤岩。她大步朝悦子和米冈走来，从两人手上把校样抢走，怒视着他们说道：

“我交代过，这部作品要麻烦米冈先生处理，为什么你会来碰这份校样？别碰它！”

“因为米冈只是单纯浏览，并没有进行修改，这样也行吗？”

"如果米冈先生有遗漏的地方，我会负责补充。别用你的脏手碰真理惠大师的原稿！"

悦子不禁望向自己的指尖。她的指头的确沾上了不少红笔的墨水和铅笔的碳粉。她抽了一张湿纸巾擦手。

"我不是这个意思……"

"抱歉，藤岩小姐。我会好好做的。我会以真理人的身份好好努力。"

"真理人？"

"就是四条真理惠大师的信徒的意思。我跟藤岩小姐都是真理人。对吧？"

听到信徒一词，悦子觉得这样的安排更不妥了。她转头望向"杏鲍菇"，发现他带着一脸无奈的表情点点头。悦子有点失望，只好将原本堆到米冈桌上的是永是之的校样拿回来。将指尖的脏污擦干净之后，看看贴着施华洛世奇碎钻的甲面，她又顺便把粘附在上头的皮脂和污垢仔细清理干净，再确认指甲变长了多少。这时，悦子感觉到一道寒光向她射来。

"我不想让你这种人涉入文学作品的工作。"

"贞操带"以愤怒的视线傲视着悦子。

"这也不是我能决定的好吗？"

"明明是个校对员，涂什么花哨低俗的指甲呀。真没羞耻心。”

“你才是吧。明明是景凡社的职员，这身套装是怎么回事啊？一副穷酸样儿。”

怒视悦子半晌后，“真糟带”用鼻孔“哼”了一声，离开了校对部。之后，悦子被“杏鲍菇”稍微训了一顿。啊，不是真糟带，是贞操带才对。

四条真理惠在就读高中时以少女小说的作家身份出道，过了二十五岁之后，则将写作路线转向一般文艺作品，是一位不曾得过相关奖项的小说界女王——米冈这么告诉悦子。她今年四十六岁，已经有将近三十年的写作资历。改写一般文艺作品后，她的著作多半是以亚洲各国的史实为背景的严肃历史小说，却从未得过文学奖。据说，文学界不愿为真理惠大师的个人资料中加上得奖记录，这让真理的粉丝感到气愤难平。

“哦，原来是这样啊！”

昨晚回到家之后，悦子泡在浴缸里，回想白天的事情。奇怪，她明明没跟藤岩说过几句话，但她却对自己有那么强烈的敌意。她百思不得其解。另外，倘若真理惠大师真如米冈所言，是一位资深作家的话，应该不会让藤岩这种没什么能力的编辑去负责她的书吧。而这个问题同样让悦子感到困惑。

换作是平常，这两个问题她一下子就会忘掉了；然而，因为初校花了两个星期，所以在这段时间，藤岩也频繁地造访校对部，和米冈面对面地讨论原稿内容，有时还会自己动手校正。这两个星期，她从来不曾和悦子搭话。悦子还是不明白个中原因。

“咦，你真的不记得了吗？”

把是永的校样发给外校之后，许久不曾在公司里迎接午休时间的悦子，和被分发到 *C. C* 同时也是前几天那场联谊的策划人的同期职员森尾一起去吃午餐。提及这件事时，森尾露出圆瞪双眼的惊讶表情。顺带说一下，和悦子在同一时期进公司的女性职员，就只有森尾和藤岩而已。

“咦，我做错了什么吗？”

“入社典礼那天，我们不是说了‘东大出身的女孩子让人不敢恭维’这种话吗？被她听到了。在那之后，她也把我当成仇人看待。”

“哎呀，讨厌啦。那只是因为眼红才这么说好吗？我也好想去念东大啊。”

“我也是啊！可惜没有考上。”

“真的，你报考东大了吗？”

“嗯，因为我想去竞选东大校花嘛。可是没考上。”

据说，森尾最后考上的W大学，因为女学生人数较多，所以也有不少外貌比她出众的女孩，让森尾最后没能摘下W校花的后冠。她会报考东大，纯粹是因为“东大的女学生很少，或许能当上校花”这种单纯的理由。

“反正藤岩小姐一定跟我们合不来，你也没必要这么在意吧？因为很想当文艺刊物的编辑，她之前还去磷朝社、冬虫夏草社这两个以文艺书籍为主流的出版社面试，结果都被刷下来了，最后只通过了我们公司的面试。所以才会来这里上班呀。”

“这样啊。”

“你真的对别人的事一点兴趣都没有啊。”

“但我对女性杂志编辑部的人事变动很有兴趣呀。”

至今，*Lassy*编辑部依旧不见职位空缺。听说这阵子杂志的销量不太好，所以公司或许也打算压低人事成本吧。啊，如果能让我去，无论用什么手段，我都保证可以提高销售额的！然而，悦子的心愿还是无法传达出去。久违的闲聊，让一小时在转眼间消逝。到柜台分别结账时，森尾开口问道：

“啊，我后天要去韩国取材，你有没有什么想买的东西？”

“我可一点都不羡慕！因为我总有一天会飞越韩国，然后到米兰去！我们走着瞧吧。另外，给我买Skinfood的磨砂膏、The Saem的泡泡面膜，还有雪花秀的美颜修容润肤露回来吧！”

“好啊。”

走出店外，即使时节已经来到秋季，阳光却还是有如炎夏那样刺眼，两人不禁同时垮下脸。

在二校稿回来之前，悦子继续负责着其他书稿的初校。同时也继续参加森尾主办的联谊活动，和男同胞们重复着同样的对话，然后在依旧交不到男朋友的状态下，一脸厌烦地收下是永是之的书稿。一旁收到四条真理惠二校稿的米冈，则是用闪闪发亮的双眼凝视着目录页。

“忙着处理这种莫名其妙的书稿，结果这一年又在没有半点收获的状态下过去了……”

悦子把校样堆到一旁，无力地趴在桌上。一旁的米冈以一脸欠揍的开朗表情拍了拍她的肩膀表示：

“加油！现在离十二月还有一段时间啊。不如，你干脆跟贝冢交往吧？”

“写出那种老套又莫名的腰封文字的人，你能跟他交往吗？”

“嗯……抱歉……”

别再抱怨了，赶快工作吧。大衣的信用卡债还没缴清呢——悦子这么想着，再抬起头时，发现藤岩的身影出现在视野中。她冲进校对部，以悦子过去从未听过的近乎破嗓的声音大喊：

“米……米冈先生！米冈先生！”

“怎么了？”

“丸川奖提名！真理惠大师的作品获得丸川奖的提名了！”

下个瞬间，米冈以几乎要把座椅弹飞到后方区域（杂志校对区）的动作猛地起身。幸好他的后面没人，否则有可能会出现重大伤亡。

“哪部？去年那部吗？”

“没错！就是明坛社出版的《中南半岛的少女》！”

一个是外表土气又朴素的女人，一个则是穿着打扮像鹦鹉般花哨的灰色无性恋者。悦子侧眼看着这样的两人牵着对方的手开心弹跳的模样，只觉得滑稽好笑。

丸川奖由位于音羽的明坛社主办，是一年一度的文学奖项。跟冬虫夏草社一年举办两次的大规模文学奖相比，虽然前者的权威性和知名度都不如后者，但因为明坛社算是大企业，有能力提供高额的广告营销预算，所以，如果有明坛社出版的书籍拿下了这个奖项，毋庸置疑就会大卖。应该吧。

“吵死了，请小声点。”

围着室内角落的桌子，工作中的杂志校对小组发出杀气腾腾的怒吼之后，原本像孩子般兴奋嚷嚷的两人这才安静下来。今天是周刊杂志的终校日。里头也有不少外聘的校对员。藤岩刻意走向那张大桌子，向众人诚恳地道歉后，再次回到米冈身旁。

“身为真理人，我们就诚心祈祷自己的愿望实现吧。”

“当然喽！藤岩小姐，你会去参加等待会吗？”

“是的，一定会去。”

“好棒啊！啊！我也好想去好想去好想去啊！”

“哎，我说你们，可以去外面聊吗？”

悦子好不容易想打起精神工作，却感觉干劲快要消失殆尽，实在忍不住这么开口。不出所料，藤岩先是一脸不悦地瞪着她，随后便拉着米冈的手朝外头走去。你们俩人干脆交往算啦。

片刻后，米冈独自返回座位，并朝悦子说了声“对不起喽”。

“有这种能让自己全心投入、支持的事情，感觉真好呢。”

悦子不自觉地喃喃自语。

“你不是也有吗，河野妹？”

“有什么？”

“我们家出版的时尚杂志呀。”

“可是，我跟你们不同，没办法插手时尚杂志的工作啊。”

听到悦子的回应，米冈沉默下来，脸上也浮现出怜悯的苦笑。自己一心憧憬、迷恋不已的东西明明就近在咫尺，却连半个字都无法插手的事实，让悦子再次感到心有不甘。现在，她只能相信“杏鲍菇”“只要能认真完成自己分内的工作，人事异动的申请就会比较容易通过”的说法，然后继续校对眼前的校样。米冈坐回座位的同时，悦子也再次将视线移到校样上。

之后，悦子偷偷上网查了“等待会”一词的意思。她原本以为这是类似地区联谊的活动，结果完全不是。所谓的等待会，是由提名作品的出版社的责编担任总召集人，邀请其他出版社的编辑参加，让大家一起静待得奖或落选通知的聚会。完全就是字面上的意思。悦子不禁想：“名字可以取得再婉转一点吧？”聚会地点有时是居酒屋，有时则是作家的家里。讨厌这种社交场合的作家，会独自去打小钢珠或是前往风月场所，情况因人而异。作家们都知道自己责编的名字和长相。大部分作家会和责编一起参加这样的聚会，共享获奖的喜乐和落选的悲伤。

另一方面，像悦子他们这些被称为“负责校正的人”或是“校对员”的人，并不会直接出现在作家面前（本乡大作那时的情况算是非常罕见）。米冈即使嘴上一直喊着想去想去，但他也很清楚自己的身份立场，想必也不会真的到现场去叨扰吧。他会处在一段距离外，为自己深爱的作家获奖而狂喜，或是因为落选而悲痛不已。

确定得奖后，众人会继续在等待会的场地举办“获奖派对”，而参与者基本上也以业务和编辑为主。校对部的职员并不会受到邀请。尽管很想参加一次，但即使到了现场，作家恐怕也不认识自己。悦子讨厌这样的疏离感。

不过，因为过于认真地进行了《好像狗》这部作品的再校，反而让她对是永是之这个人产生了兴趣。他似乎是位倾向不提供个人资料的蒙面作家，就算搜寻图片，也找不到相关的照片。维基百科上的资料同样少得可怜。甚至连他的出生年月日都查不到。

过了实松的势力范围秋叶原之后，就是赫赫有名的御徒町。尽管御徒町这个地方和我的生活无缘，我也没对它抱持什么特别的感情，但毕竟上野御徒町这个车站相当有名，所以感觉上这个地方连带着有名了起来。尽管有名，但它仍然无足轻重。

田口隶属的一族似乎就是御徒町出身。这件事我已经听他说过不下五次了。跟这个车站一样缺乏独特感和新意。田口若有所思地凝望着远方，带着有些害羞的笑容表示：

“御徒町的女孩子要是长得不可爱，脸上都会被套上一个恐龙面具。这才是真正的恐龙女。开玩笑的。”

这我也已经听过不下五次了。

人们最应该引以为耻的行动之一，就是等待别人为自己的发言做出反应吧。更不用说还要加上微笑的表情和抬头仰望对方的动作了（再说，个子比我高出一截的家伙，到底为什么还要仰头看我啊）。这种情况下，除了不甘以外，又多了一种烦躁感，让我对田口的态度不得不更加冷淡。

换成只有一般忍耐力的人，想必会气到要晕过去吧；但在深爱的ISM企业跨越过各种难关的我，可以四两拨千斤地把这些发言略过。至少，我表面上仍是一如往常的冷酷哥。

对了。以前，在吸烟区聊冷酷哥的话题时，田口曾经说过“冷酷哥听起来跟贻贝很像啊[①]”。我真的很想吐槽自称是搞笑专家的他。

那时，我不小心想象起一颗贻贝刻意装酷的模样。陷入一段爱恨交加的关系中的他（贻贝），抛下

① 两者的日文发音相近。——编者注

“我不需要女人，也不需要过度的爱情。因为我只是颗贻贝”这句话之后，便冷冷地转身离去。我想象着这番光景，肚皮差点笑抽筋，也觉得更不甘心了。

他（贻贝）之后是否能找到让自己安详度日的地方，过着平稳的生活呢？因为被两片蚌壳包着，导致他离去时的模样看起来相当躁动而慌乱，一点都没有冷酷哥的样子。而被抛下的那些女孩，现在是否也依然思念着他呢？想必应该是吧。毕竟他可是贝类中的王者，恐怕很难找到代替者。

总之，田口似乎很中意恐龙面具这个梗；但遗憾的是，我知道这个梗来自某本四格成人漫画。我在内心暗自做了绝对不要吐嘈这一点的决定。面对希望能看到我听完笑话的反应的田口，我完全不打算满足他的要求，更别说是和他分享自己的性冲动了。他可是个会把每天的生殖行为，当成昨晚看过的电视节目那样报告出来的家伙。要是他把这种事当成我们俩的共同点到处张扬，我绝对无法忍受。田口还说过，把生殖行为当成日常茶余饭后的话题，才能代表我们已经对彼此敞开心房。无论是生殖行为还是性冲动，我都只想把它们藏在内心深处，然后用刚拆封的新毛毯轻轻掩盖住——

能够想出这种故事的人，究竟有着什么样的思考回路？虽然很想问问这部作品的责编，但没想到对方竟然是文艺编辑部的部长。职位晋升到部长等级之后，没有意外的话，通常只会负责超知名作家的书籍。根据网上的资料，是永是之目前出道五年，还是个新人。这是为什么？难道是永是之其实是个超高龄作家？又或者是部长的儿子？不对。倘若真的是部长的儿子，应该也不会找爸爸担任自己的责编吧。更何况，是永是之是在其他出版社出道的（毕竟景凡社没有设立纯文学的新人奖）。

怀着这样的疑问，悦子有点想去参加获奖派对。可是，在派对上应该不太可能见到他本人，或是和他说上几句话，而且她也不想体验那种疏离感。

在丸川奖的提名出炉又过了十天后，举办选拔会的日子到来了。午休时间结束后，几天不见的藤岩再次造访校对部。

“怎么办，米冈先生……我好紧张啊！”

“我也是啊！怎么办！等待会在哪里举办？”

“是一间叫作艾伦·社卡斯的餐厅。我刚才收到通知了。”

悦子一边以眼角余光瞄着这两个人，一边从旁听着他们的对话，此时忍不住怀疑起自己的耳朵。她开口问道：

“要在那么高级的地方办吗？”

“什么？这跟你无关吧？你是在羡慕吗？”

“也不是羡慕啦。不过，不是社卡斯，是杜卡斯才对。还有，其实那个餐厅叫作‘Beige’，艾伦·杜卡斯是拿下米其林三星的主厨的名字。因为你看起来好像不知道，所以我顺便告诉你吧。那间店位于银座香奈儿大楼的最高层，是一间午餐价位一万日元起、晚餐价位两万日元起的餐厅哦。你知道所谓的‘着装要求’吗？你打算穿这样过去？”

今天，藤岩依然穿着肩宽不合身、样式土气、让人很想问她到底从哪里买来的一身套装，脚上穿着鞋跟已经磨损、看起来黯淡又老旧的黑色低跟鞋。头发则用一条橡皮筋绑住，脸上甚至脂粉未施。如果让悦子打扮成这样，她想必会羞耻到连香奈儿大楼的入口都不敢靠近吧。不，应该说连踏入银座的勇气都没有。滕岩脸颊微微泛红，挑眉反击道：

“不管在什么样的场合，套装都是很正式的服装！”

“不对，你身上这套只是工作服罢了。你不会觉得不好意思吗？”

“我可没有脑袋空到只能努力妆点外表。”

“你要面对的不是我，而是在Beige这种店里等待获奖佳音的作家。你是要以四条老师的责编身份参加对吧？也就是说，你将会是四条老师的同行者对吧？考虑一下自己的立场吧。你觉得店里的人会有什么想法？我再说一次，那可是在银座香奈儿大楼的店。是日本的旗舰店。啊，还是说你没听过香奈儿？我可以从创始人可可·香奈儿的生平经历开始讲解给你听。”

“……”

藤岩沉默下来，将视线从悦子身上移开，转而以求救的表情望向米冈。米冈是个格外注重服装的人，时常会穿一些很可爱的衣服。他连指尖都会细心保养，从这点就可以看出他对“美”的坚持。单就外表而言，米冈算是跟悦子同类。滕岩似乎是现在才察觉到这一点，不禁因错愕而屏息。

“我……这样会对真理惠大师很失礼吗？”

米冈一脸困扰地望向悦子。看到悦子不吭声，他只好皱着八字眉自言自语：“我觉得可能有点失礼呢。”好。说得很好，米冈。

“藤岩小姐。你或许有你的原则，但毕竟那是一间普通人很难得有机会造访的店。像隶属于校对部的我跟河野小姐，就算想去也无法如愿；因为你是编辑，所以可以用公费去里面吃吃喝喝。这样的话，我觉得穿着适宜的服装前往，才能尽兴而归呢。”

说得太好了，米冈——悦子再次这么想。说自己不羡慕是骗人的。其实，悦子羡慕到都快肠绞痛了。自从在 *Lassy* 上看到 Beige 开幕的报道后，它就一直被悦子列入想去的餐厅之列。如果可以的话，她很想穿着香奈儿的礼服去那间餐厅，但毕竟自己没有那么多钱，所以，买了香奈儿的鞋子或包包后，拎着香奈儿的纸袋坐在那间餐厅里，成了悦子的梦想。对悦子而言，Beige 就是这么特别的一间店。然而，对这间店一无所知，甚至连店名都搞错的藤岩，竟然要以仿佛已经在面试中被三百间公司刷下来的大四学生的打扮，前往自己梦寐以求的餐厅。这样的事实，让悦子不禁怒火中烧。

“可是，我的衣服就只有这件，还有居家穿的运动服跟运动外套……”

“你很穷吗，藤岩小姐？”

听到米冈如此直白的提问，悦子的怒气好不容易才消散了一些。然而——

“我的父母一直告诫我‘太爱打扮的话会变笨’，所以……”

藤岩这句音量小到像蚊子叫的回答，再次踩到悦子的地雷。她忍不住一把拉起藤岩的手臂，将她拖出校对部。

“讨厌，放开我！”

“你是白痴吗？你以为时尚是为了什么而存在的？直到自己结婚的时候，你都要遵守父母的教诲，然后穿上这件俗气的套装吗？依照你父母的论点，结婚礼服不就是愚蠢至极的服装吗？肩膀跟锁骨处完全袒露在外，头上还要用花朵或蝴蝶结装饰。裙摆长到拖在地上，而且可能还缝上了一堆亮片。

穿上这种衣服，就会马上变成笨蛋了？不对，笨的是你和你的父母！”

悦子揪着藤岩的手，踩着高跟鞋从一阶阶的楼梯往下，走进 *C. C* 编辑部里头的女性杂志编辑部。

“不好意思，请问森尾在吗？”

听到她的放声大喊，森尾从办公桌上堆积如山的数据丛林后方探出头。悦子轻轻一鞠躬，拉着藤岩的手臂直奔森尾的座位。

“咦？藤岩小姐？什么事呀？”

森尾瞪着带有深邃黑眼圈的双眼，交互望向悦子和藤岩的脸。她今天的脸色看起来也有如濒死那么糟糕。

“这个人今天要去银座的 Beige。要穿这样去！”

“啊？不会吧？太瞧不起人了吧？”

“借她衣服跟鞋子吧。你们应该有一些从别的地方借来的商品吧？”

“啊，虽然没有借来的东西，但刚好有不少在昨天的摄影结束后买下来的衣服。”

森尾摇摇晃晃地起身，走到靠墙并排的衣柜前方。打开衣柜的门，几个纸袋滚了出来，里头五颜六色的衣服也跟着散落一地。悦子从中拾起一件造型简单的黑色连身裙，将它抵在因恐惧而表情僵硬的藤岩身上比了比。虽然正面看起来很朴素，但后方露背V领蝴蝶结的设计很美。穿这件就可以了吧。

“藤岩小姐，你的脚多大？”

森尾一边从衣柜上方拿下鞋盒，一边问道。

“二十三厘米……”

“啊，跟我一样。太好了。”

打开鞋盒后，里头放着一双造型简约的黑色亮皮方头高跟鞋。约八厘米的金色鞋跟经过消光处理，还设计成猫脚的模样。看到这双鞋，悦子不禁发出近似于惨叫声的尖叫。

“这双鞋好可爱！卖给我吧！我也刚好穿二十三厘米的鞋子！”

“啊，那你穿完之后就转交给悦子吧，藤岩小姐。”

“咦，可是这双鞋不是森尾小姐的吗？”

“买来试穿过后，我就已经觉得心满意足了呢。”

面对出乎意料的战利品，悦子摆出双手握拳的胜利姿势。一旁的森尾赶忙说：“我现在特别忙，接下来的事你去找今井吧。”

“非……非常感谢你。”

听到藤岩连忙补上令人意外的这句话，原本憔悴不堪的森尾，像是稍微找回活力似的露出了菩萨般的慈爱微笑。

哎呀。这种稻草头是怎么回事呀？你在好好保养头发吗？你一定是头发还没干就睡了吧？千万别相信“自然干燥的方式会对发质比较好”这种说法，那可是认为“用吹风机就会变成流氓混混”的年代的人想出来的骗术。如果没有用热风把头皮彻底吹干，就可能引起头皮屑或是头皮瘙痒的症状，连同让头发失去光泽。还有，你的脸又是怎么回事？如果坚持不化妆，我虽然不反对，但至少也要处理一下毛孔和汗毛吧。没有男人会喜欢女孩子未经修饰的真正模样。就算有，对方也会同样是能毫不在意地当着女孩子面放屁的男人。这种男人将来只会变成臃肿又肮脏的中年人。还会说“我当初都接受你原本的样子了，所以你也该接受我原本的样子啊”这种话。唉——真讨厌，说得我都快吐了。不过话说回来，跟我同居的男朋友最近开始变胖了。他只有外表和身家财产是优点，要是发胖的话，不就没有半点价值了吗？拜托你自觉点啦——该怎么开口，才能把这种想法婉转又温柔地表达出去啊。

今井在一楼的员工厕所一边滔滔不绝地道出毒辣的评论，同时用两支卷发棒将藤岩的头发弄卷，像是施魔法般插入小黑夹和U型夹固定，很快完成了公主头的造型。再花五分钟替她上妆后，今井看着藤岩倒映在镜中的模样，满意地用鼻子哼了一声。

“就算发福了，只要有钱，不就行了？”

“什么？我娘家比他有钱呢。”

“那你为什么要出来工作呀，今井？我之前就一直很不理解呢。”

“为了学习社会经验，伯父让我试着工作体验一下。”

今井口中的伯父，便是景凡社的执行董事。藤岩此时像个蜡人般僵硬，细细凝视镜中的自己，忍不住说了一句:“真是不好意思啊。”

“撑过一小时之后，你就会习惯啦。多好啊，Beige。我这阵子都没去呢。虽然阿玛尼旗下也有餐厅，但我还是比较喜欢 Beige 的餐点跟装潢。”

今井一边将化妆用品收回柜子里，一边若无其事地发表感想。这让悦子心中燃起了熊熊妒火。总有一天，我要用自己赚来的钱踏进 Beige。你就好好看着吧，小丫头。

趁着等卷发棒冷却的空当把电线卷起来时，藤岩望向悦子开口：

“这是我第一次化妆，还有把头发弄卷。”

“咦？那你参加成人式的时候呢？”

“我那时去短期留学了。”

"七五三儿童节[1]呢？"

"因为我家很穷，所以当初没能穿上和服。"

听到这里，悦子和今井说不出话，只能面面相觑。在这片沉默中，藤岩再次端详自己在镜中的模样，然后像是说给自己听似的继续开口：

"我一直只顾着念书……不过，原来也有这样的世界呢。"

"呃，应该说我们公司原本就比较偏向'这样的世界'吧。毕竟是以女性杂志为主力出版物，从女性职员的打扮也看得出来呀。"

"所以，到底要不要进入景凡社工作，当初也让我苦恼了很久。我原本打算延迟毕业，然后来年再参加磷朝社和冬虫夏草社招聘应届毕业生的面试。不过，就算是国立大学，延迟毕业也还是要缴学费。而且，真理惠大师也曾经在景凡社出版过一本作品，我想自己有朝一日或许能负责她的书稿——我是因为这样的理由才进入景凡社的。"

还是个初中生的时候，藤岩便一直写粉丝信给四条真理惠。在超过一百封的书信中，她只有一次收到了回信。那封

① 每年的 11 月 15 日是日本的传统节日七五三节，这一天五岁的男孩及三岁和七岁的女孩会穿上和服，跟父母到神社参拜，祈愿身体健康，顺利成长。——编者注

信是她高一时写的，她说“我将来一定会成为一名文艺编辑，届时希望老师能让我负责您的作品”，最后得到了只写着短短一句“我会等你”的明信片回应。藤岩便是以这句话作为自己的动力，在拼命念书后考上了东大的文学部。毕业后，通过藤岩的粉丝信，四条真理惠得知她进入景凡社工作，还特地要求编辑部帮她替换责任编辑。而且，交给藤岩的那份书稿，是四条真理惠从她进入景凡社之前就开始动笔的作品，同时也是米冈目前在校阅的那份书稿。

“原来如此啊，我也应该从学生时代开始就不停地写信给 *Lassy* 编辑部才对。”

“哎哟，好好的一段故事，气氛都被你破坏了！”

今井眼眶有些泛红，毫不客气地捶了悦子的肩膀一下。虽然给藤岩取了“贞操带”这种外号，但看到今井为了藤岩感人的过去而动容，悦子觉得她其实应该是个本性善良的千金大小姐吧。而藤岩对于文艺——或说是四条真理惠的热爱，和自己对于时尚杂志的热爱相似。可是，两者并不一样。藤岩实现了自己的梦想。而悦子却不是待在时尚杂志部门，而是校对部。

悦子将一脸难为情的藤岩送回编辑部，男编辑们一片哗然，让她产生一种完美完成一件工作的成就感（但实际上她什么工作都没完成），当然还有必须返回自己的部门工作的无力感。她前往外头的咖啡厅买饮料，一名男子在柜台前等待结账。他点了焦糖玛奇朵之后，在泛红的灯光下等待饮品调制完成，悦子简直无法移开自己的视线。

这张脸完全就是悦子的理想型啊！服装打扮也无懈可击！唯一让人扣分的地方，可能就是他的爆炸头发型了吧。可是，他的长相帅气到足以盖过爆炸头带来的震撼印象呢。而且，他的服装打扮看起来并不过于做作，但也不会不修边幅。如果用杂志的宣传文字来形容，大概就是“有魅力的男人即使随意举手投足照样能赢得你的心”的感觉吧。

悦子不自觉地点了跟这名男子同样的饮品，并在男子离开后取而代之地站在泛红的灯光下等待。离去之际，男子朝她瞄了一眼。悦子瞬间感觉有一道电流从背后窜过。她更确定这就是恋爱了。

“哎，那位客人常来这间店吗？”

悦子将上半身探进柜台，询问正在倒牛奶的青年。

“不，我是第一次看到他。一般来说，要是看到顶着爆炸头的客人，也很难忘记嘛。”

没辙了。就算再来这间店，也无法遇到他了。接过自己的饮品后，悦子踩着沉重的步伐返回公司。然而，门口的自动门敞开的同时，她看见在三分钟之前让自己坠入情网的爆炸头走向电梯大厅的背影。悦子不禁“咦！”地惊叫出声。

不过，当她急急忙忙地冲过去时，在大门另一端的电梯大厅中已经不见对方的身影了。

“今井，刚才那个爆炸头是我们公司的职员吗？”

悦子开口询问返回前台的今井。

“咦，不是啊。他刚做了来访登记。”

“那个人是谁呀？真帅。”

今井皱起眉头，表示不以为然，然后打开来访登记的档案夹。

“咦，这个名字怎么念啊……Zeeize？”

想早点知道答案而焦躁不已的悦子，从今井手中抢过登记表，看到写在上头的名字的瞬间，因过度错愕而让表格从手中滑落。

“简直糟糕透顶！只有我一个人打扮过头了！虽然被真理惠大师称赞‘你打扮得真可爱’，但在场没有一个编辑穿得这么高调！我真是太蠢了，才会相信你说的话！”

晚上十点，被米冈拖着一起等待四条真理惠获奖的消息时，悦子一接起电话，藤岩的尖声嚷嚷便传入耳中。她将话筒递给米冈，托着脸颊，再次将视线移回校样上。

——会写出这种文章的人，到底长着什么样的脑袋啊。

过去的这个疑问现在有了答案。是顶着爆炸头发型的脑袋。

——那个霹雳无敌帅的爆炸头，就是写出线型马达牛这种东西的是永是之。

“能被真理惠大师称赞不是很好吗？那么，结果呢？”

——那个霹雳无敌帅的爆炸头，就是写出爱装酷的贻贝这种东西的是永是之。

“啊——！”

在一片昏暗的校对部里，米冈发出活像是遇到强盗的惨叫声，然后猛地起身。那力道之大，感觉被他弹开的座椅几乎足以将后面的桌子撞烂。接着，他握着话筒蹲了下来。

“所以，我们现在的工作，就会变成大师获奖后的第一部作品喽……嗯……我们一起把它变成最棒的作品吧，藤岩小姐。我也觉得能参与这本书的出版工作，是很幸福的事呢……嗯，嗯。交给我吧。”

是吗，得奖了啊——悦子以事不关己的态度想着。她将校样收进抽屉里，起身准备回家。

“真是太好了。”

她对放下话筒的米冈寒暄了一句，他用手指抹了抹眼角以“谢谢”回应。

“你会觉得不甘心吗？如果自己也是编辑，就能跟四条老师待在同一个地方，然后实时和她分享喜悦了。你不这么想吗？”

“我只想当一名粉丝就好了。所以，光是现在的工作，就让我很满足喽。”

“这样啊。”

就算想更靠近，无论多么喜爱，校对员都不能对“书稿”灌注过多的情感。也不能对产出“书稿”的作者表露出自己的人格。只能不断将书稿整理得更正确无误。这样的话，校对员该怎么拉近自己跟作者之间的距离呢？悦子并不想变成文艺编辑，更何况，她的阅读量也无法让她拥有这样的头衔。

“你会问这种问题，感觉有点奇怪。”

“嗯。因为现在有个让我想务必见上一面……或说是想和他拉近距离的作家。”

“咦！是谁？”

“是永是之。”

“真的假的？他的书稿这么有趣吗？”

或许有些人会觉得有趣吧。不过，如果把是永是之是个超级型男的事告诉米冈，肯定会被他纠缠半天，所以悦子没有回答，只是拎起自己的包，挥挥手对他说声“辛苦喽”。米冈没有继续追问，同样挥手向她告别，也许他还会继续留在办公室里，沉浸于真理惠获奖的喜悦当中吧。

走出公司大楼后，寒冷的晚风迎面吹来。自己在今年结束之前坠入情网，这让悦子露出开心的表情，前往车站的脚步也变得轻快起来。今天就买个比往常贵一百日元的布丁回去吧。

Part 3

第三话 校对女孩和时尚教主与爆炸头

悦子的研习笔记　之三

【标音】汉字旁边用来标示读音的小字。一词源自红宝石(Ruby)。好可爱啊！方式有两种:“标注方式”和“排版方式”。字符大小基本上是注记标音的汉字（即母体汉字）的一半。

标注方式：对所有汉字加上标音时称为“全标音”；只对复杂的汉字加注标音时称为“部分标音”。

排版方式：针对连续排列的汉字，把标音平均分配（等间距）给每个汉字的排列方式称为“等距排版”；针对不同汉字，分别将读音标注在字体旁的排版方式，称为“单字排版”。

每位作家的行文风格都各有不同。有些人不爱用标点符号，有些人则是动不动就加入标点符号。有些人喜欢写一堆汉字，有些人偏好用平假名来撰写文章。

一般情况下，景凡社内部会使用“校对指示文件”这种东西传达编辑的指示（关于作家写作风格的说明）。不过，也有没做好这方面的交接工作的编辑。比如：贝冢。

“都跟你说这不是我的错了！是因为你没提供校对指示好吗！我只是遵照我们部门的规定，用铅笔给汉字加注而已！”

“你懂得察言观色吗，宽松世代！什么叫‘汉字太多会造成阅读困难，这样合适吗’？未免太直接了吧！”

“因为真的很困难啊。就算我是宽松世代，我也知道普通读者的解读重点落在哪里好吗！因为我就是普通读者啊！还有，我已经说过很多次了。请你不要厚脸皮到完全不看我交出去的校样，就直接把它丢给作家！这样我会很困扰的！”

“我跟你不一样，我总是马不停蹄地忙着招待作家们！还因此每天都宿醉！”

“活该！我还不是每天都只能吃便利店的东西填饱肚子啊！”

“关我屁事啊！你是因为买了太多衣服，才会变成月光族的吧！”

“时尚才是我的人生目标啊。”

“明明只是个校对员。明明不是时尚杂志部门的职员。啊——唉，可怜啊。”

“少啰唆，浑蛋！赶快去死然后被送进焚化炉吧！最好没办法超生，在三恶道之间不断轮回吧，你这个下品下生[1]！”

【校对】检查书稿或印刷品内容的错误或不合理之处，并予以修正的行为

——出自《明镜国语辞典》

“只是用铅笔给汉字加注”的“加注”，是指给汉字加上标音的动作。如果遇到一个句子里头出现很多连续的汉字，或是汉字多到可能造成阅读障碍的状况，虽然处理方式因人而异，但校对员多半会提出“加注”的建议。

① 下品下生，佛教的九品往生阶层中最下层的往生者。——编者注

贝家负责的这部小说，因为塞满汉字而让页面看起来黑压压一片。这是一本崭新的佛教小说（描写帝释天、梵天和阿修罗的三角关系，又是爱情小说。完全无法理解作家锁定的是哪种僧侣……不，哪种群体的读者）。在上午将校对作业告一段落，然后发给外校后，悦子独自前往烧烤餐厅。在她填饱肚皮、怒气也稍微平息之后，新的工作又交到了她手上。

“出现了！”

她接过比一丝不苟的校对指示文件还薄一些的校样，看到上面的书名和作家的名字之后，忍不住发出尖叫声。同时，刚才跟贝家之间那些令人火冒三丈的对话，也顿时烟消云散。

“怎么了？”

“这个……是在 *Lassy* 上连载的时尚随笔……终于要出单行本了……登纪子大师！”

悦子以颤抖的嗓音望着一脸诧异的米冈答道。悦子一心渴望成为粉领族杂志 *Lassy* 的编辑，因此进入景凡社工作，当然也是这本杂志的忠实读者。在八年前开始连载的这个随笔专栏，她也是从一开始拜读到最后，而且直到现在都还几乎记得每一期的内容。

“要不要换我来校？”

米冈皱眉询问悦子。

“为什么？”

“之前，我在校对真理惠大师的书稿时，你不是说过吗？如果负责的是自己喜欢的东西，就没办法精确地进行校对工作了。”

“不，我会负责的。”

听到悦子的回应，米冈狡黠地一笑。

“看吧，你也是这种反应嘛。现在，你能明白我当时的心情了吧？”

我才不会变成你那副德行呢——悦子在内心这么想着，然后将视线移往指示文件上。上头写着一个她没见过的编辑的名字，下方还有一行类似公司名称的文字。啊，原来这不是经由内部编辑之手，而是外包给编辑公司的原稿啊。难怪还附上一份这么详尽的指示文件。明白这一点之后，悦子怀着激动不已的心情翻开校样。实际上，开始阅读正文后，她便因为怀念而感到眼眶一阵温热，背脊也瞬间一颤。

八年前，悦子还是个在北关东的公立高中念书的女高中生。可怕的是，她所居住的那个小镇里，还存在那种头顶飞机头、脚穿柚子裤的不良男高中生，以及擦着鲜红色口红、脚踩高跟鞋、穿着超短裙的不良女高中生。还有会在这些学生毕业后负责看顾他们的人——烫着像大佛螺发那种短卷发，身上还有刺青的大人。这种人总会坐在车站附近的咖啡厅里，边抽烟边看赛马报纸。

上学时搭乘的电车只有三节车厢。除了比较烂的高中、普通高中，以及重点高中这三所学校的学生以外，上班族也多半会在相同的时间坐车。挤在必须按下车钮才能让车门开启的电车里，三年以来，悦子满脑子都是要到东京去的想法。

和学校隔了两站的地方，有一间市立图书馆。里头也有杂志类的藏书。会定期购买杂志阅读的悦子，就读小学时，看的是面向初中生的杂志 *SisTeen*；就读初中时，看的是以高中生为读者群的杂志 *E. L.Teen*；就读高中时，看的是以大学生为读者群的杂志 *C. C.*；就读大学时，看的是以粉领族为读者群的杂志 *Lassy*。不过，其实她也会到图书馆翻翻适读人群比自己的年龄层再往上两级的杂志。所以，从高一时，悦子就开始在图书馆阅读 *Lassy* 了。

住在东京的干练粉领族，总能用走在流行最尖端的服装做出千变万化的搭配，让自己一整月都能拥有不同的穿搭造型。用造型有如珠宝盒那般可爱的化妆品化妆。穿着自己珍藏的连衣裙的日子，则会和开着意大利敞篷车到公司外面迎接自己的帅气男朋友约会。有时则是换上休闲风的牛仔裤，和女性友人一起大啖平民美食（就连出现在这本杂志里的咖喱南蛮乌东面，在她看来，都像是充满异国风情的意大利宽扁面）。在能够远眺动人夜景的酒吧里，和好友谈论秘密恋情的同时，被散发着危险气息的帅哥搭讪。对当时还是个高中生的悦子来说，*Lassy* 是个伸手无法触及的遥远梦想。

杂志一开始的部分，是贵妇的爱用品牌“Toxxy”的创始人 Fraeulein[①]登纪子的时尚随笔专栏《淑女的指南针》。与其说这是探讨时尚的随笔专栏，不如说是指导读者如何成为一名高雅又可爱的淑女教科书。有成熟的爱情故事，关于服装打扮的讲解，还有关于 Fraeulein 登纪子第二个家乡巴黎的故事。每期大约一千字出头的短篇文章，总是能让悦子充满憧憬。登纪子虽然以巴黎为第二家乡，自己却取了“Fraeulein”这样的笔名，据说是因为她有四分之一的德国血统。遗憾的是，在悦子进入景凡社的同时，这个连载专栏也结束了。现在是由最近开始闯出名号的造型师负责在同一页面连载文章。

看到两百页左右，大约花了悦子两小时的时间。正如米冈所担忧的，她只是把校样“看过去”而已。悦子记得所有随笔的内容，就连刊登每一篇随笔的杂志当期的特别报道及封面模特儿的长相，她都记得清清楚楚。从 *Lassy* 毕业的模特儿们，有时会在比 *Lassy* 高一级的杂志 *Every*，甚至更高阶的杂志中亮相。不过，对悦子来说，她们永远都是 *Lassy* 的模特儿。

悦子百感交集地叹了一口气，用长尾夹把校样夹紧固定。

---

① 德文“女士”之意。——编者注

同时，米冈的声音从隔壁座位传来。

“你也是直接把校样看过去了嘛。”

“嗯……真的会变成这样呢。”

悦子甚至觉得，这份透过编辑之手细细修饰、校改过的稿子，已经不需要她再补充什么了。只是，不知为何，在看完原稿后，她并没有涌现出满足感。

——碧姬·芭铎的故事。

不是佩戴宝石首饰，而是让吻痕陪伴自己前往马克西姆餐厅用餐的女人。

她出身于法国富裕家庭，选择踏入演艺圈的世界，是一名以性感尤物的形象长期称霸电影界的女演员。换成在日本，对于在富裕家庭中成长的名媛而言，演艺圈或许是个一辈子都和自己无缘的世界吧；不过，意大利的贵妇卡拉·布鲁尼虽然同样衔着金汤匙出生，还拥有贵族亲戚，却选择以模特儿的身份出道，之后还转型成为歌手。正如各位所知，在这段时间，她和凯文·科斯纳及巴黎国立高等音乐舞蹈学院出身的俊美演员热恋的绯闻，都曾被媒体大肆报道。出身于欧洲富裕家庭的女性，都会毫不犹豫地将自身之美在狗仔队面前曝光。

我之所以提及碧姬·芭铎，是因为Toxxy差不多要开放今年的皮草订制服务了。

碧姬·芭铎是反对皮草的先驱。从动物保护的角度来看，剥下兔子或浣熊的毛皮，再将其加工成大衣或披肩，是极其残忍的一种行为。不过，各位能想象皮草从时尚走秀中完全消失的情形吗？

啊，这样的T台，看起来会是多么冷清又寒酸呀！

更何况，目前世上并没有更胜于皮草的御寒材质。羽绒衣穿起来虽然也很暖和，但是想在现今的日本市场找到一件有着优雅设计，能够让人穿着去参加宴会的羽绒衣，恐怕是难上加难。日本的冬天相当寒冷。不过，日本冬季的室内，都有着能让人穿短袖活动的暖气设备。穿上克什米尔毛衣外出，结果在逛百货公司时闷到出汗。这样的经验，我想各位都曾经有过吧——

悦子经营大型超市的老家，原本是一间酒类专卖店。幸运的是，那一带并没有大型仓储式超市进驻，所以家中的超市生意还算不错，悦子至今也未曾体验过经济困窘的生活。即使读了学费高得离谱的圣妻女子大学，她也不是靠奖学金，而是由父母出钱，一直供到毕业。在外头租房的租金全靠家里资助，念大学的四年时间，悦子也不需要去打工。

自从听到藤岩的过去之后，悦子开始思考——像自己这样的大学生，在全国的大学生中究竟占有多少比例？阅读《淑女的指南针》的初校样时，她再次回想起藤岩说过的话。

——因为我家很穷，所以七五三儿童节时也没能穿上和服。

在悦子至今校对过的小说里头，当然也曾出现过穷困潦倒的登场人物；至于晚上有一搭没一搭观赏的电视剧，撇开夸张的剧情不谈，其中确实也看得到贫穷的弱势阶层。然而，在现实生活中发现自己身边真的有这种人，依然让悦子感受到不小的震撼，也同时为“贫穷”两个字给人带来的破坏力感到吃惊。像藤岩这样的人，恐怕连Fraeulein登纪子的名字都不曾听过吧。在藤岩的脑中，甚至可能不存在“服装品牌的创始人亲笔撰写文章”这种事情。

尽管日本的经济曾一度回温，但大约八年前发生的金融海啸，又让经济发展一度跌落谷底。Fraeulein登纪子这样的文章，真能让体验过困苦的底层生活的读者看得开心吗？

“你还是老样子，一言一行都那么冒失，河野小姐。”

“你也是依然土里土气呀，藤岩小姐。”

“你给我闭嘴。校对员应该没有必要去在意书稿内容合不合读者的胃口吧？”

“话是这么说没错。”

“所以，你可以回自己的部门去吗？你打扰到我了。”

藤岩位于文艺编辑部里头的办公桌，旁边紧邻着另一张办公桌。样书和校样在桌面上堆积成好几座高塔，要是发生地震，后果恐怕不堪设想。被悦子擅自坐在屁股底下的这张办公椅，缓冲用的弹簧已经坏了，椅脚底下的滚轮也因为生锈而无法滚动。不论哪个部门地上都堆积了很多纸箱，让人通行困难。悦子回想起入职前从外头眺望这栋大楼的情景。看起来壮观漂亮的办公楼，里头却是这番惨状——在进入景凡社之前，她从来没想象过这样的事情。

“就像是真理惠大师的书陪伴你长大一样，我也是跟登纪子大师一起一路走过来的。虽然登纪子大师设计的衣服太贵了，我买不起，但这八年以来，我都是遵从她的教导在生活呢。”

无法将内心感受表达得更贴切，让悦子有些焦躁。原本她寄希望于东大毕业的滕岩可以理解她想表达的意思。可是，她又一次失望了。藤岩将视线移回电脑屏上的书封设计的PDF 文件，对她随便敷衍着“是是是”。

“可是，我认真地重新看过校样之后，总觉得登纪子大师的文章好像哪里不对劲。”

“这种事你应该去找森尾小姐，而不是对我说吧？更何况，我根本不知道你口中的登纪子大师是谁。”

“因为森尾一直忙着终校，现在变得像个濒死的纳美人[①]一样嘛。”

而且，尽管身为时尚杂志编辑，森尾却是反登纪子派。理由是 Toxxy 的衣服质感不值得那样的高价。真要计较这一点的话，国外大多数知名品牌的衣服，性价比恐怕也都不高。不过，森尾却固执地只仇视 Fraeulein 登纪子一人。她说登纪子经营的不是品牌而是宗教。

“喂，你觉得怎么做，才能让更多人去看她的书啊？该怎么做，才能让更多人喜欢 Fraeulein 登纪子呢？”

“你去问营销吧？你真的很碍事，拜托你回去好吗？”

受到冷落的悦子，这次被藤岩赶出了编辑部。

让悦子产生的异样感，就是不同时代的感受差异。虽说八年前的大环境和现在不同，但这些文章，直到两年前都还在连载。

浓缩在一千字出头的简短文章里的是梦想。许多人都会为了实现梦想而努力。然而，在现实世界中，无法达成梦想

① 纳美人是电影《阿凡达》中潘多拉星球上的一种身高三米的高级智慧生物。——编者注

的人占大多数。就连悦子，也是为了成为 *Lassy* 的编辑而进入景凡社，却莫名其妙地被分配到校对部，因此无法实现梦想。

悦子把校样复印了一份带回家，将它摊开在放着便当的小茶几上。不一会儿，她听到楼下传来“小悦”的呼唤声。踩着又窄又陡的楼梯下楼后，她看到房屋中介加奈子若无其事地打开玄关大门，并在玄关脱下鞋子。

“我说，虽然这间房子受贵公司管理，但毕竟签约承租的人是我。你可以不要随随便便开门进来吗？”

悦子目前的住处，是位于东京东侧某商店街一角的独栋建筑。房子相当老旧又狭窄，一楼还是贩卖鲷鱼烧的店面。因为女儿移居海外，中了彩券的房东夫妻就把小店关了，搬到信州过着悠闲的生活。以东京市内的独栋建筑来说，这里的租金可说是史无前例的便宜，所以悦子毫不犹豫地租了下来。不过，加奈子却一时兴起，附带了“必须让她在一楼的店面售卖鲷鱼烧”的条件。从某种角度来看，或许这也算是“另有隐情”的房子吧。

“因为房东送了点心给我，所以我想拿过来分你吃啊。是 Pastel 的布丁哟。而且一个人能吃三个呢。”

“对不起，那我不客气了。”

领着加奈子进屋后，悦子泡了茶，和她在一楼的老旧餐桌面对面地坐下来，一起打开布丁的盖子。

“哎，后来你又遇到过那个爆炸头吗？”

“没有。”

从坐两站电车就能抵达的短期大学毕业后，比悦子小两岁的加奈子，进入跟老家位于同一个城镇的房屋中介公司工作。她的每一天似乎都过得平淡无奇，所以总是想听悦子聊自己的日常生活。再加上悦子跟原本住在这里的房东女儿很像，因此她就更喜欢黏着悦子了。

“住在这栋房子里的人，命中注定要跟爆炸头的男人交往。所以你一定能成功的。”

“咦，房东的女儿在跟爆炸头交往吗？”

“嗯。对方是个天生爆炸头的外国相扑选手。”

这还真是罕见的案例。而且，这般诡异的命中注定，八成完全不值得相信。

一边讨论爆炸头，一边吞下一个布丁后，悦子从二楼拿下自己吃到一半的便当。再次开始动筷时，加奈子打开第三个布丁的盖子，问道：“你现在手头上负责的是什么样的书？”

“Fraeulein 登纪子的随笔集。”

“咦？是谐星写的书吗？”

听到这个完全出人意料的回应，悦子错愕地愣了三秒钟。

“你没听过这个人吗，加奈子？她是 Toxxy 的设计师……或者应该说是创始人吧。”

“托客西？那是什么啊？品牌的名称吗？我没听过。”

看来，向加奈子寻求理解，是一个错误的决定。她偏好的品牌是 Sally Scott 和 Minä Perhonen，是会去相当于副牌的 Salon de Balcony 或 Furfur（售价比 Minä 更亲民）买衣服的“可爱系女孩”。尽管悦子起劲地向她介绍 Fraeulein 登纪子的为人和生平，但加奈子看起来还是完全不感兴趣。而听完介绍后说出的这句话，再次让悦子感到错愕不已。

“听起来……感觉好像泡沫经济时期的书啊！”

自己跟她明明只差两岁，价值观怎么会有这样的天差地别呢！

悦子感到一阵晕眩，继续反驳道：“跟泡沫经济时期没有关系。这些文章直到两年前还在连载，而且我还是个高中生的时候，就很喜欢看这个专栏了。”

“哦，这样啊。”

加奈子一脸漠然地吃完布丁，把三个空杯拿到水槽冲洗干净之后，丢进塑料容器的资源回收垃圾袋里。悦子有种似曾相识的感觉。这就跟她听米冈诉说真理惠大师的种种时的反应一样。“抱歉啦，米冈。”之后，加奈子又在悦子家逗留了三十分钟左右。她嘱咐悦子如果跟爆炸头有什么进展，一定要老实跟自己报告，然后才起身回家。

仿佛像是某种预言般，当周的星期五，悦子在之前那间咖啡店再次跟是永相遇了。因为Fraeulein登纪子的校样处理进度不太理想，决心加班的悦子身心俱疲地踏进咖啡店时，发现眼前有个帅气又时髦的爆炸头点了一杯焦糖玛奇朵。她眨了几下眼睛，发现这名男子正是是永是之后，心脏不禁猛地抽动了一下。

轮到自己点餐时，悦子仍没有半点反应。直到店员出声催促，她才赶紧点了一杯豆浆拿铁。结账时，她仍紧盯着是永的一举一动。在接过自己的饮品后，他没有像上次那样离开咖啡店，而是在店里的座位上坐了下来。

幸运的是，座无虚席的店内，只有是永隔壁的沙发还空着。于是，拿到自己的饮品后，悦子以光速占据了这个空位，然后不时偷瞄着是永的侧脸。虽然应该没有特别修过，但他的眉毛有着很好看的形状。在低调的内双眼皮之下，有一道高挺得恰到好处的鼻梁。柔软的双唇在贴上杯口后微微挤压变形，抚过唇瓣的手指也十分纤细。

啊，怎么会这么帅呢。应该把帅哥视为所有人类的财产，然后去申请登记成世界遗产才对。原本只是在旁边偷瞄的悦子，不知不觉变成了死盯着是永，是永也因此望向她。在移开目光之前，不知为何，是永轻轻点头向她打招呼。悦子没有忽略他的视线一瞬间移往自己胸前的动作。挂在脖子上的景凡社员工证正垂在她的胸前。

“承蒙贵公司照顾了。”

悦子还没说话，是永便这么对她开口，脸上还带着浅浅的笑容。神啊！谢谢你，员工证之神！悦子咽了一口口水，在下定决心之后开口：

“请问……你是是永是之先生对吗？”

“嗯？”

“嗯？”

难道不是吗？感到腋下开始直冒冷汗的同时，是永有些腼腆地回答：“啊，是的，我就是。”

“你是文艺编辑部的职员吗？”

“不，那个……我是之前负责校对《好像狗》这部作品的人。”

是永会相信她的说辞吗？这样的自己会不会很可疑？在这么忧心的同时——

“啊，真的吗？非常感谢你！”

是永开心地朝她低头致意。啊，这是多么动人的笑容啊。不过，不同于是永的笑容，一种仿佛触犯禁忌的阴郁感，在悦子的内心蔓延开来。校对员不应该出现在作家面前。尽管没有明文禁止，但这已经可以算是业界的常识了。现在，自己打破了这个规定，让悦子萌生一股罪恶感。不过——

“因为我常常会漏看，而且也不是因为专攻日文而成为作家的。因此，写出来的日文有时会很奇怪。所以，有校对员在总是帮了我很大的忙。真的很感谢你。”

听到这段令人开心过头的致谢内容，悦子心中的阴霾像是被除尘器吹散般一扫而空。这是悦子进入景凡社之后，第一次觉得能进入校对部真好。

在那之后，虽然两人又闲聊了五分钟，但悦子已经不记得聊天的内容是什么了。直到接到米冈催促她返回公司的电话。当起身准备离开的时候，是永叫住了悦子，然后从皮夹里掏出一张纸片亲手递给她。这是什么神速的进展啊，好像电影情节一样！尽管仍一头雾水，但悦子还是收下了那张纸片。

“那个……虽然我只会出场一下，但如果你有兴趣，请务必来看。这是入场券。”

Yes, I love tickets!（好啊，我喜欢入场券！）

是永给她的，是东京 BOYS 时装展的入场券。

——工作什么的！现在哪有那个心情啊！

难怪他是个蒙面作家。难怪个人资料都没有公开过。悦子铆起劲来搜索 TBC（不是美容沙龙集团的名字，而是东京 BOYS 时装展）的相关图片，找到两张是永的侧拍后，这才恍然大悟。原来他的正职是模特儿。难怪长得这么帅。

悦子写了一封夹带是永照片的邮件，发给同样还留在公司里的森尾，询问她有没有看过这个人。大约过了十分钟后，她收到森尾只附上短短一行网址的回信。将网址点开，出现的是某间模特儿事务所的官方网站。是永的大头照缩略图，就在十来名专属模特儿一览表的最下方。她点开链接，里头除了身高、体重和年龄（25）以外，没有其他说明，但名字的部分写着“幸人－YUKITO”几个字。在搜索引擎里头输入“幸人／模特儿／爆炸头”三个条件后，悦子再次开始搜索图片。是永似乎不曾在任何杂志或时装展上亮相，除了事务所用来宣传的照片，以及刚才搜索到的时装展侧拍以外，其余都是一堆毫不相关的爆炸头图片。在各种社群网站用“是永是之”或“幸人”的名字搜索，别说是本人了，甚至连机器人账号都不存在。面对少到可怜的信息量，悦子不禁有些焦躁。

早知道就多跟他聊上几句了。应该要问一下他的联系方式才对。虽然文艺编辑部那边会有作家的联络数据库，但没办法从校对部这边的电脑去搜寻数据（她试过了）。藤岩恐怕也不会帮她吧。到头来，这个周五的夜晚，校样的校对工作还是没有进展。直到晚上十点都还亢奋不已的悦子，就这样一个人留在校对部里。回过神来的时候，办公室已经因为开启了省电模式而变得相当昏暗了。

转天是周六。悦子火速赶往发廊和美甲沙龙，将自己从头到脚都打扮得漂漂亮亮，好去参加周日的时装展。她最后一次交男朋友，是在高三的时候。大学时虽然几乎每天都参加联谊，但总是没能遇到令自己心仪的对象；而且，最重要的是，悦子“过于完美的外表（服装穿搭）”，反而令男生不敢轻易靠近她。

其实，男人更喜欢稍微有点土气且不够完美的女孩子。不擅长化妆，也不太保养头发，但因为身处圣妻女子大学这样的环境之中，所以身上穿的衣服都还不错，然而就是少了那么一点时尚感，对体毛的处理也不够仔细。这样的女孩子一边喝着橙味鸡尾酒，一边说着“我喜欢的类型应该是温柔的人吧”。就是这样的女孩子会在联谊会餐结束后被男人带回家，这样的场面悦子已经目睹过好几次了。

体毛啊！体毛没关系吗？你们都不在意吗？

只有这点，悦子无法释怀。或许，她重视的其实根本不是联谊活动本身吧。不过，想到这一切或许都是为了让她遇见是永的安排，悦子甚至开始感谢起那些当年没向她搭讪的男人。

为了不让时尚界相关人士看扁，同时也不会给人“这个女孩也打扮得太认真了”的感觉，悦子将好几件衣服摊开在床上细细思考。花了两小时之后，她选择了用许多颗宝石点缀的灰色毛衣，臀部和大腿处褪色得恰到好处、稍微有几处破洞设计的宽松牛仔裤，麂皮和漆皮混搭的尖头细高跟鞋，外头再套上刚买的长版西装外套，最后又对着镜子端详了好几次。包包则是豹纹花样的胎牛皮和褐色小牛皮打造而成的托特包。原本还在犹豫要不要戴帽子，但刚保养过的头发难得出现了天使光环[①]，就不要用饰品盖住头部吧。

很好。太完美了。可爱到连自己都吓了一跳呢。

在狭窄的浴室里将全身涂上按摩油，又花了一小时保养肌肤后，悦子一如往常地进入梦乡。

离开百合海鸥号的车厢，顶着阵阵寒风前往举办活动的有明竞技场时，悦子在路上看到了一张熟悉的脸庞。正想移开视线时，对方却早一步叫住了她。

“河野妹！讨厌啦，你这件毛衣真可爱！在哪里买的呀？”

“巴尼斯纽约的银座分店……”

赶到她身旁的米冈，身上的装扮也是无可挑剔。变形虫图样的浅色V领T恤，十分适合他纤细的身形。贴身的破洞牛仔裤，再加上一双工作靴。这身可能会让一般人选择在外头加上皮革骑士外套的搭配，米冈则是刻意罩上一件燕尾服风的麦尔登呢大衣。仿佛矮人一截的悦子感到有些不甘。

“你要来的话，应该事先告诉我一声啊。”

---

① 指头发的光泽在头顶处形成一个圆圈的样子。——编者注

“咦？我才应该说这句话吧。我没想到你也会来嘛。毕竟这是男士时装展啊。你也有兴趣吗，河野妹？”

“因为是永是之会以模特儿的身份上台……”

“咦？咦！这是什么意思？”

下一刻，米冈激动地抓住悦子的手臂追问，她只好道出前天晚上发生的事情。

“什么！你之前只说有点动心，但可没说对方是个帅哥！而且，你也没说自己在意的是作者，而不是他的小说啊！他走上 T 台的时候，你要告诉我是哪一个哦！”

“一看到就能认出来了。因为他顶着一个爆炸头。”

两人在会场入口将入场券交给工作人员，然后换到了座位票。模特儿送给悦子的，以及米冈从参展品牌设计师手中拿到的，都是属于相关人士专用的入场券，所以能够换到比较靠前的座位。在座位上并肩坐下后，他们开始环顾四周。前排有一部分是摄影师的专属座位，贵宾席上则全都坐满了人，其他座位也几乎满了。而且，有一半的观众都是女性。

“我能理解 TGC[①] 座无虚席的盛况，不过没想到男士时装

---

① TGC：日本流行趋势发布。以“向世界传播日本的流行服饰”为主旨，不单局限于时装秀，它是以著名模特 + 著名品牌 + 著名歌手为主，以舞台音乐演出、新星选秀、舞台拍卖为综合的活动。——编者注

展也会有这么多人来看啊。”

“因为会有年轻演员或模特儿上台，所以很多观众都是来自后援会的粉丝呢。”

“原来是这样。”

坐在悦子和米冈附近的观众，手上几乎都拎着出版社的纸袋，一看就知道是时尚杂志相关人士。打扮相当完美的米冈和悦子，或许被这些人视为同行了吧。但实际上，他们是和时尚杂志无缘的文艺书刊的校对员。想到自己是这样的身份，悦子就感到坐立不安。

两人是在接近开演的时间入场的，刚坐下不久会场随即转暗。原本播放的音乐音量突然变大，伴随激光带来的灯光效果，前方屏幕上的 TBC 的字样和影像开始闪烁。四周开始传来像是参加偶像演唱会般的女性尖叫声。不过，想到自己的目标也是参展的模特儿，而不是时装，悦子就无法对此不屑地咂嘴。

因为季节的关系，这次展出的都是春夏服饰。出现在屏幕上的品牌标志，全都染上一抹暖春的色彩。而在活动主持人介绍下登场的模特儿们，身上也都穿着无法抵御户外寒冷气温的单薄衣物。

“啊，那件好可爱！”

在一旁看展的米冈动辄迸出这句话，然后将编号写进自已随身携带的小册子里。虽然在内心苦笑“你是时尚界相关人士吗”，但悦子也不禁被这样的他影响，带着一种品牌营销人员的心情欣赏走秀者身上的服装。无论是她知道或不知道的品牌，每件衣服都有着悦子未曾看过的设计。不仅很可爱，光是想象过完年之后的初春，街头上将会出现这种打扮的男性，就让人乐在其中。最后，一名头部比其他人都要大上一圈的模特儿，以完美的动作走上纯白的 T 台。那充满自信的从容模样，让悦子心跳加速。她用手肘顶了顶米冈，跟他表示“就是他”之后，米冈定睛凝视在台上摆姿势的是永，然后惊讶地掩嘴说道：

“讨厌，真够帅的呢！他真的是作家吗？”

“小点声。他好像想刻意隐瞒这件事。”

在是永之后上台的模特儿，似乎是一名年轻的演员。会场一角跟着传来惊人的尖叫声。不同于是永，这名模特儿笑着朝发出尖叫声的方向挥手，又朝这边的相关人士的座位挥手，仿佛把 T 台当成自己的个人舞台。

“这样不好吧。”

“嗯。”

明明是时装的展览，反而模特儿比较抢眼。真要说起来，是永那张脸其实更引人注目。不过，悦子很清楚记得他身上穿着什么样的服装。

在大约一个半小时的时装展中，是永登场了四次。根据之前上网搜索的结果，他在去年的走秀中只登场过两次，所以这算是很大的进步。然而，经过前天的闲聊后，悦子总觉得比起模特儿的事业，是永更希望自己能够在写作这方面有所成就。原来，这里也有一个无法前往自己想去的地方的人。

悦子在新桥和米冈喝了点酒之后返家，隔天一如往常地去上班，就算坐在办公桌前面对着校样，依然有种不真实的轻飘飘的感觉。

因为，昨天的走秀结束后，米冈执拗地要求近距离看看是永本人，悦子只好抱着被拒绝的心理准备向工作人员提出请求："我是受模特儿幸人的邀请而来看展的，能让我跟他打声招呼再走吗？"她将景凡社的员工证拿给对方看，工作人员便给了她一张后台通行证。不知是否因为米冈灰色无性恋者的特质，他看起来就像是个浑然天成的时尚界相关人士。因此，两人在完全没受到拦阻的状况下，顺利进入"除相关人士以外禁止进入"的区域。

不同于刚才的 T 台上五光十色的氛围，这个空间里只有白色的荧光灯管、灰色的墙壁、满布刮痕的亚麻地板，以及在反射的灯光下漫天飞舞的布料纤维。从另外的角度来看，这里仿佛是另一个世界。工作人员快速地将挂着衣服的衣柜和化妆用具搬移出去的同时，CS电视台的摄影师入内，忙着采访刚结束展览的模特儿和设计师。不知为何，悦子想起了终校日那天的森尾的脸。

她透过门缝朝被当成化妆间的大型休息室里头看去，在众多型男模特儿中，一颗熟悉的爆炸头就坐在距离门口很近的椅子上，一边照镜子，一边自己卸妆。

“幸人先生！”

悦子下定决心开口呼唤，是永转过头来。他望了悦子零点五秒，然后“啊”地喊出声。他连忙擦掉脸上的妆，用差点把椅子弄倒的大动作起身，朝悦子走来。

“你真的来看展了吗？呃，不好意思，我之前忘记问你的名字……”

“我叫河野悦子，这位是米冈。”

“你好，我叫米冈光男，你可以叫我米冈弟哦。”

原来你在公司外头是这种形象啊，米冈。虽然悦子对身旁的人投去冰冷的眼神，但是永仍带着笑容向米冈说“请多指教”，并在鞠躬之后伸出自己的右手。发现是永似乎会错意之后，悦子连忙介入两人之间解释。

“不是，不是的。他也跟我一样是校对部的职员。”

“啊！真的吗？”

“讨厌啦，你好过分啊，河野妹。我是拿着天王寺先生给我的入场券来看展的，所以，我今天也算是时尚界的一分子呢。”

“咦？你说的天王寺先生，是‘que du bonheur!’的那位天王寺设计师吗？”

“没错没错，虽然我今天不是穿他们家的衣服，但我常去他们的时装展。”

“我曾经受邀参加过一次他们的新品展示会。不过因为很贵，所以我最后还是什么都没买。”

“这样啊！咦？是哪一季的展示会？”

这样的对话持续片刻后，米冈和是永互相交换了名片，所以悦子也顺理成章地收到了他的名片。是永甚至还向她表示“希望下次有机会一起吃个饭”。比起因过度紧张而说不出几句话的悦子，反而是她身旁的米冈自然而然地将对话导向这样的结果。因此，在新桥喝酒的时候，是悦子自掏腰包请客。

“工作了！工作了！截稿日不是快到了嘛！”

看到一双手在自己面前用力拍了一下，原本有如石像般一动也不动的悦子，吓得从座椅上弹起一厘米的高度。一旁的米冈露出无奈的表情望着她。眨了几下眼睛后，悦子甩甩头，然后拍了拍自己的脸颊。

“抱歉。”

“唉，我能理解你的心情啦！”

点了眼药水后，悦子再次将视线移回校样上。

——Les Grand Cinq 的故事。

我很喜欢芳登广场的早晨。拉开巴黎丽兹饭店的窗帘，从窗口向下俯瞰，听着被早晨雾气笼罩的石子路上传来的脚步声和说话声，原本因昨晚的宴会而仍然昏沉沉的脑袋，就会不可思议地变得清爽，美好的一天也就此展开。

对了，各位知道这个世上存在着两种“五大宝石品牌”吗？

我这么说可能有些含糊不清。所谓的两种，是指“世界的”五大宝石品牌，以及“巴黎的”五大宝石品牌。若是 *Lassy* 的女性读者群，想必会觉得“世界的”五大宝石品牌比较耳熟能详吧。

Harry Winston、Tiffany、Bvlgari、Cartier、Van Cleef & Arpels。

这是“世界的”五大宝石品牌。

Van Cleef & Arpels、Chaumet、Mellerio dits Meller、Boucheron、Mauboussin。

这些则是被称为 Les Grand Cinq 的“巴黎的”五大宝石品牌。其中或许有各位不曾耳闻的名字，不过，要是被问到 Les Grand Cinq 的珠宝店，结果却回答了 Bvlgari，可是相当令人难为情的事。所以，不妨把它们记起来吧。

巴黎的芳登广场有很多连绵不绝的珠宝店。日本品牌 Mikimoto 也在这些店家其中——

——是否改成“这样的叙述可能有些含糊不清”？

——“连绵不绝”→这里是形容建筑物一栋接一栋紧密排列的样子。不过，与其说芳登广场附近有着连绵不绝的珠宝店，不如说珠宝店都在同一间百货大楼的内部展店。修改一下说法或许会比较恰当吧？

写下这些注记后，悦子再次抬起头来。

不需要继续阅读，她也都记得。接下来，为了避免引起赞助商合约方面的问题（每期杂志的前几页都会有相关广告），Fraeulein 登纪子将会用较为隐晦却又能让人一眼就明白是哪个品牌的叙述方式，把 Tiffany 批评得一文不值。她表示，售卖银饰的美国珠宝店竟然能跻身五大宝石品牌的行列，简直让人贻笑大方。接着她还提到，父亲在自己出生后第一次送给她的珠宝，便是 Boucheron 的一个可爱的猫头鹰胸针

（价格昂贵到必须去细数到底有几个零）。然后以“为了成为正统的淑女，应该自幼就开始佩戴‘正统的饰品’”作为这篇随笔的结尾。

当年看这篇文章时，自己只是囫囵吞枣地接受了这样的主张。但现在，悦子觉得不太对。

不，这篇文章所描述的事实并没有错。可是，她的内心某处仍有着“这种说法太奇怪了”的感觉。

要说如今的年轻女孩在人生中第一次入手的外国珠宝饰品，恐怕绝大多数都是 Tiffany 的银饰吧。Tiffany 的价格平易近人，就算是高中生，只要努力存零用钱，就有可能买得起。然而，诸如享有“世界五大宝石品牌”和“Les Grand Cinq”两大盛名的 Van Cleef & Arpels，就算是价格最亲民的商品，也会让初入社会的粉领族几乎耗掉一整月的薪水。Boucheron 就更不用说了，即使献上一整月的薪水都无力购买。更何况，Mellerio dits Meller 在日本没有直营门店，Mauboussin 也是 2009 年才刚在银座开设实体店面，有实际看到过商品的人或许仍在少数吧。

如果自己以外的人看到这样的文章，会做何感想呢？

虽然跟珠宝饰品不同范畴，但昨天看过东京的设计师们举办的时装展之后，悦子由衷觉得他们很厉害。现在，以东京为活动据点的那些日本设计师，正逐渐成长为能够跟

MODEetMODE 杂志中让悦子关注、憧憬的外国知名设计师齐名的存在。听说昨天那场时装展，也吸引了不少国外采购前来看展。在这样的时代，面对能买到 Ahkah 或 Agete 的珠宝饰品便已经心满意足的女性，向她们提倡 Les Grand Cinq 和“正统的饰品”之类的观念，真的有意义吗？

悦子揉了揉自己的太阳穴，然后闭目养神片刻。

“我是校对员，不可以对书籍的内容说长道短。”

她试着在内心这么说服自己，然后睁开眼睛，再次将视线移回到文字上。跟昨天的幸福时光天差地别的工作内容——这是悦子第一次觉得这份工作这么辛苦。

两天后，她将校样发给了外校。再三烦恼过后，悦子选择写信给外包编辑公司里负责这份稿子的责编。她表示自己过去是《淑女的指南针》的忠实读者，同时也是 Fraeulein 登纪子的虔诚信徒。然而，在现今的时代对 *Lassy* 二十几岁的粉领族读者推出这本书，恐怕很难引起共鸣。甚至还有可能让今后或许会成为 Toxxy 的客户群流失。

实际上，继 Fraeulein 登纪子之后负责连载的造型师，其文章内容会提及的品牌，有一半以上都是日本的东西，也介绍了很多价格亲民又容易入手的产品。听森尾说，根据杂志问卷调查的结果，新专栏的支持度虽然普普通通，但并不是完全不受欢迎。

转天，接过下一份校样的时候，“杏鲍菇”（部长）对悦子抛出一句：“那个弄好了吗？”

“……那个是哪个？”

“咦？之前交给你处理的那个呀？米冈，你替我转告河野了吗？”

“告诉她了。”

“麻烦你喽。那个东西今天中午就要交回人事部。”

听着“杏鲍菇”和米冈令人一头雾水但又肯定和自己有关的对话，悦子开始努力回忆。回到办公桌前拉开第一个抽屉时，脑中的记忆瞬间浮现，手脚的末梢也瞬间变得冰冷无比。

——我完全忘记了。

悦子被委托校对明年的应征者笔试考题。她是在咖啡厅和是永重逢那天接到这份任务的。虽然完全没有印象，不过，那时的她跟是永聊得正开心，被米冈的一通电话叫回办公室。或许试题就是在那之后交到她手上的吧。跟平常校对的小说比起来，《淑女的指南针》算是页数比较少的作品，但上头指派的工作时间仍是一如往常的两星期。明明交代她在空闲的时候处理，但悦子却因为对 Fraeulein 登纪子的校样耗费太多心力，导致没能腾出多余的时间。

从抽屉里取出那叠大约二十张的试题时，米冈也探头过来看。自从进入景凡社之后，这是悦子第一次目睹到米冈“吓人的表情”，还听到他“可怕的嗓音”。

“怎么全都一片空白呢？”

“……”

“我不是前一段时间就交给你了吗？难不成你全忘了？”

“对不起……”

米冈从悦子手中抢过那叠校样，大致分成两半后，再把其中的一半还给她。

“总之，能做多少算多少吧。我也会帮忙的。”

悦子点点头，将校样摊开在办公桌上，拿起放大镜开始细细检查。花了十分钟确认过所有的汉字标音后，她接着审查考题。这份校样是第一次笔试用的一般常识考题，题目来自各式各样不同的科目和范畴，特别是时事问题，有许多细节部分都让已经进公司两年的悦子不知该从何判断。她把一张可动式小桌子拉到办公桌旁，将《时事用语辞典》在桌上摊开。心无杂念地埋头工作，使得校稿作业的进展十分顺利，跟 Fraeulein 登纪子的校样苦战到昨天的那段时光，就好像是一场梦似的。

一般状况下，已经熟悉工作内容的校对员，一天大概能够处理完二十五页的校样。面对将近一半的工作量，悦子只用了两小时，而且是在专注到几乎忘记呼吸的状态下校对完毕。因为她和米冈实在是太安静了，后方的杂志校对组还好奇地不时朝这边张望，但悦子连这些都浑然不觉。

时事问题的人名果然出现了不少错误。有两道要求选出正确答案的题目，都出现了选项中没有正确答案的状况。

确认完最后一页的排版后，放在办公桌上的电子钟显示出 12:00 的时间。悦子重重吐出一口气，放下笔尖稍微变钝的铅笔。

“看完了吗？”

在旁边晚了一秒盖上红笔笔盖的米冈问道。

“嗯。真的很感谢你的帮忙。抱歉给你添麻烦了。”

悦子起身，朝米冈深深一鞠躬。米冈吃惊的反应远超过她的想象。除了米冈以外，就连还没外出吃午餐的杂志校对组的成员，都不禁驻足望向这两人。

“没关系啦，至少及时完成了。原来你也会向人道歉啊，河野妹。与其说意外，倒不如说让人觉得有点肉麻呢。”

悦子的大脑和眼球都已经达到疲劳的巅峰，让她头昏眼花到无力出言反驳。不过，她还是觉得很过意不去。

那年的圣诞节，是悦子人生中最糟糕的一天。

原本以为自己处理得很完美的《淑女的指南针》，在二校发回来时，外包编辑公司却附上了“请交给河野悦子小姐以外的人处理”这样的要求。

“你好像把 Fraeulein 小姐惹生气了呢。听说你写了一封对稿子内容挑毛病的信过去？”

在临时登记使用的小型会议室中，和悦子面对面坐着的“杏鲍菇”面有难色地问道。Fraeulein 不是她的姓氏，而是敬称。如果叫她“Fraeulein 小姐”，就变成“女士小姐”的意思了——尽管内心这么想，悦子却只觉得眼前漆黑一片，让她连出声反驳的力气都没有。原来在这种时候，人的眼前真的会变得一片黑呢。她在内心的某个角落这么感叹着。

“河野。你明白自己为什么会被分配到文艺刊物校对部吗？”

看着不打算辩解，也没有哭出来的悦子，在片刻的沉默后，“杏鲍菇”开口询问。

“因为我的名字叫河野悦子。”

“不对。是因为你对文艺没有半点兴趣。”

听到这个不算太令人意外的答案，悦子抬起头来。于是“杏鲍菇”接着往下说。

虽然悦子本人已经不复记忆了，但当初参加景凡社的面试时，“杏鲍菇”正是她的面试官。那时候，悦子用尽全身的力气，表现出自己对景凡社女性杂志的热爱。听着悦子逐一说明“某本杂志某一期的某个特辑很有趣”，原本觉得有点受不了的“杏鲍菇”，开始发现她的记忆力优秀得异于常人。

——前年重建的三菱一号馆，你知道它的建筑灵感源于什么吗？

——是“丸之内舒适圈”。

——你怎么会知道？是在哪里看到的？

——*Lassy* 2009 年 10 月号的丸之内特辑有介绍过。在那次的特辑中，负责拍摄建筑物照片的摄影师竹内先生是个很厉害的人。他平常是替模特儿拍照的摄影师，不过，却也能把 Brick Square 内部的照片拍得像英国……

——呃，够了，谢谢你。话说回来，2008 年 5 月号的封面模特儿是谁来着？

——是西园寺直子小姐。那期的 *Lassy*，是为了纪念直子因结婚而退出模特儿行列的特别版。丈夫是一名年纪比她小的企业家，还在芦屋有一栋非常漂亮的房子！

——呃，够了，谢谢你。

“杏鲍菇”带着半娱乐的心情，一边和悦子进行这样的问答，一边将她的答案抄下。面试结束后，前往资料室，在陈列 *Lassy* 旧刊的书架前，将自己作为考题的几期杂志一本本取出，再比对悦子的答案。她的所有回答都完全无误。

之后的评选会议上，卡在圣妻女子大学这样的最高学历，而快要被刷下来的悦子，只有“杏鲍菇”表示应该录用她。尽管偏差值[1]低了点，但悦子对于自己读过的文字拥有卓越的记忆力，绝对能够帮上公司的忙——这么表示之后，有人回了一句“那就让你们校对部录用她吧”，“杏鲍菇”连忙回以“我正有此意”。

“所以，打从一开始，我就注定只能进入校对部了吗？”

这个初次耳闻的事实，让悦子心中顿时涌现万般复杂的情绪，鼻子深处开始传来刺痛的感觉。

“虽然是其他公司的案例，不过，也有女性一开始被录用为前台，在五年后晋升成编辑。无论是什么工作，只要把自己所负责的业务做到最好，就能够得到相对应的评价。我一开始就这么说过吧？”

可是，你闯祸了。这样是越权行为哦。

“杏鲍菇”的最后一句话，深深刺入悦子的胸口。今天明明是平安夜啊。刺进内心的，怎么不是爱神丘比特射出来的箭矢，而是让人疼痛难耐的这种事实呢？

另外，悦子完全忘记要校对应征者笔试考题一事，最终

---

① 偏差值是指相对平均值的偏差数值，是日本人对于学生智能、学习能力的一项计算公式值。——编者注

还是被人事部发现了。在过完年之后，悦子将暂时离开文艺组。她被调往杂志校对组。

“咦？”

在新年假期到来之前整理办公桌的悦子，突然察觉到一件事。

惹恼Fraeulein登纪子的沉重事实一直压在她的胸口上，而暂时调职一事，也让她大受打击；不过，能够远离她丝毫不感兴趣的文艺组，而转职杂志校对组，或许也意味着自己更靠近*Lassy*编辑部了？

这么一想，悦子又挥去了失落的情绪。让自己的努力受到肯定，借此前往*Lassy*编辑部，才是她的目标。现在的情况，只是因为自己闯祸而被不光彩地调职。

唉，总觉得好像……

虽然不是彻底被调往其他部门，但一想到在这近两年的时光中，自己似乎没能做出半点成绩，除了必须移走的私人物品以外，仿佛连身体都变得沉重不已。过年回到老家之后，一定又会被逼着听父母絮絮叨叨，“听说某某已经结婚生小孩了呢”“听说某某家的媳妇是个很糟糕的女人啊”……悦子才二十四岁，暂时不会被催着结婚。不过，要是这样的生活持续下去，过不了几年，父母想必就会开始催促她了。

12月27日。在这个最后的上班日，校对部静静地结束了这一年的工作。悦子搭上挤满了因年关将近而兴奋不已，以及因工作做不完而筋疲力尽的乘客的地铁，回到家之后，她突然看见加奈子的身影。尽管没有半个客人，她却仍在一楼店面制作大量鲷鱼烧。

“啊，欢迎回来，小悦！你后来见到那个爆炸头了吗？”

隔着日式门帘瞥见走在外头的悦子，加奈子开口向她搭话。或许是鲷鱼烧内馅香甜气味的影响，悦子强忍住有点想哭的冲动，回了一句“见到喽”，默默打开一旁的玄关大门。

Part 4

第四话 校对女孩和西装衬衫与鳗鱼

悦子的研习笔记　之四

【字体】依照一定的规则设计出来的字体。英文是“Font”。分为黑体、明朝体等许多种类。Optima 体和 Futura 体很可爱。部长喜欢的则是“岩田中细明朝体”。好成熟啊。

Font Size ＝字体的大小。用“点数→ np”或“级数→ nq”来表示（n ＝数字）。依据 TPO（时间、地点、场合）来决定要使用几号字体。

虽然跟字体无关，但“！”和“？”的别名似乎分别是“雨滴”跟“耳朵流脓”。这样的命名也太直接了吧！

——出兵前一天，阵营内部举行了大败仇敌的祈福仪式。迎接出阵的四月二十日，在喝完三三九度[①]的交杯酒后，约三万名联军发出鼓舞士气的如雷长啸声，排成漫长的队列自京都出发。从琵琶湖西侧前进的军队，在越过坂本后，于湖畔的城寨度过出征的第一个夜晚。翌日，尽管一大早就飘着雨，但军队仍早早开始进军，晚上则在田中城过夜。第三天，军队一大早便离开琵琶湖，为了翻越山岭而踏上山林小径。因为前一天下过雨，松软的地面让行军变得极为困难。抵达扎营处的若狭熊川城时已是刚入深夜时分的时刻。

讨伐上野介一事并非空口说白话，而是真正的计划。攻入敌营后，不消一天的时间，先锋便顺利砍

① 三三九度：用三只酒杯，每杯喝三次，一共喝九回。——编者注

下敌方将领的脑袋。又过了三天后，信长将阵营驻扎在越前敦贺的妙显寺。手筒山城和金崎城这两座朝仓家的支城，和妙显寺可说是只隔一步之遥。侭管两座城都是山城，但行经之路并没有山谷或湍急的河流。不到一天的时间，本阵便围上了布慢，也将阵屋和盯梢楼建造完成。

朝仓阵营应该也已经收到小田进军的消息。然而，他们并没有捎来请求和解的书信。于是，信长在二十六日领军往手筒山城前进。

若是直接攻击城寨的大手门，必定免不了遭受反击。因此，信长选择人力较为薄弱的后门作为攻打的入口。从木桥下方的沼泽进军后，尽管驻扎在山中，手筒山城仍不敌大军，在一天之内被攻下。金崎城也同样开场投降。而且，两座城都是被仅持有双叉戟或长柄木槌等轻武装的步兵攻陷的——

布慢→布幔。小田→织田。二十六日→二十五日？（出自白话文版本的《信长公记》）

他们→对方？侭管→尽管。开场→开城。

“深夜时分”这种没有明确时间划分的叙述，和“刚入”“抵达”共同出现在同一句中，是否不太自然？

竟然有这种事！即使被调到杂志校对组之后，自己还是离不开文艺吗？

在新年过后，暂时被人事调整到杂志校对组的悦子，面对摊开在书架上、感觉比一般文艺书籍的字体更小、排列又更紧密的校样，正面目狰狞地拿着放大镜检查标音和用字的错误。这份原稿的字简直多到每一页看起来都黑压压的！而且又是历史小说！要一一确认相关史实，简直太麻烦了！而且里面出现的汉字我几乎都不会念！

原本内心有“说不定能负责校对*Lassy*”的小小期待，结果现在所负责的《周刊 K-bon》，可说是和*Lassy*完全相反的一套杂志。

《周刊 K-bon》锁定的读者族群是五十至七十多岁的男性，是所谓的八卦杂志。前面的彩页基本上都是半露酥胸、只将重点部位遮住的半裸清凉写真，内页甚至还会出现露点露毛的全裸照。另外，除了各大城市的达人评分专栏、艺人的花边新闻，或是批评当前执政者等社会性议题以外，还贴心地加入了有效减肥的方法、如何消除令人在意的脚臭等健康话题。不知为何，连占星专栏都有。看到“双子座：建议选择海藻等富含矿物质的食物作为下酒菜。幸运物是鳖肉火锅”“天秤座：睡前记得做头皮按摩。幸运物是竹叶鱼板”这类内容后，会让人忍不住望向远方开始思考起“占星术究竟是什么”的问题。话说回来，充斥着这种内容的杂志，适合连载的不应该是历史小说，而是情色悬疑小说吧。为什么只在这种地方刻意表现出男子气概啊。

悦子所负责的部分，是连载小说、各类专栏及文化相关的特别报道。在各类专栏中，看到由本乡大作执笔的美食专栏后，她内心不禁陷入五味杂陈的状态。那个老头竟然也帮这种杂志写专栏啊。跟十年前的作者近照比起来，现在的本乡大概胖了一点五倍之多。难道就是这份工作害的吗？

新年之后，已经过了三个星期。所以，悦子也已经看了三次这个美食专栏。年初时他吃的是鲍鱼。第二篇吃的则是琵琶鱼火锅。这个星期是松阪牛肉。那家伙……我可是每天吃着便利店的便当度日啊！

【校对】对印刷物或原稿进行检查，并修正错误的内容、补全不足之处的行为。

——出自《大辞林》

让悦子每天吃超市便当的原因，不外乎就是在新年特卖会时买了太多衣服。这三个星期以来，她没有特别受到其他前辈的鼓励。应该说，才进公司第二年的悦子，几乎没有被视为主力，只能在宛如战场般忙碌的杂志校对组里当个听命行事的步兵。每个星期中，都会有一天是必须搭末班车回家的终校日。要说不同之处，大概也只有这点了。不过，有加班费多少还是令人开心的。

“情人节要到了啊！”

终校日的第二天，悦子坐在接待大厅的沙发上翻着月初出版的 *C. C*，忍不住感叹道。

“情人节要到喽。”

前台今井一边眺望远方一边回应。

“净说一些不着边际的事。那明明只是点心制造商的销售策略，日本人未免也太好骗了吧。真无聊。”

提着便当店塑料袋的藤岩穿过自动门走进来，冷冷地瞥了她们一眼，便往电梯大厅走去。悦子和今井无言地目送她的背影离开。藤岩恐怕是在连圣诞老人都不曾听说过的环境下长大的吧。

“今井，你要买哪家的？”

“青木定治、Henri Le Roux 和 Jean-Paul Hevin 的期间限定产品是我必买的。”

“啊，东京中城的店铺吗？”

“另外，Pierre 三兄弟大概也是必买品牌吧。”

尽管 Marcolini、Herme 和 Ledent 并非三兄弟[①]，但这个莫名中肯的称呼还是让悦子笑了出来。

其实藤岩误会了。情人节早已不是将巧克力送给心仪的那个家伙的日子，而是让女孩们以“犒赏努力的自己”这种光明正大的名义，大量采购美味的巧克力在半夜享用，然后让体重和粉刺疯狂增加的日子。

对悦子来说，今年的情人节是相当重要的节日。她想送巧克力给自己心仪的那个家伙（是永是之，别名幸人）。她可是有这项非常重要的任务在身呢。

比较容易判别的品牌，就属 Gucci 或 BVLGARI 了。实际上，这两个品牌的巧克力也十分美味。不过，送这么显而易见的品牌巧克力给担任模特儿的人，究竟管不管用，也让悦子有些存疑。她合上 *C. C*，抱着头呐喊：

“啊，我不知道哪个才是正确答案呢。怎么办，今井？我该送哪一家的巧克力给他啊？”

“你干脆自己动手做怎么样？”

“我们家只有制作鲷鱼烧的道具而已。”

“这样不是很创新吗，鲷鱼烧形状的巧克力！只要把

---

① 这三家店的全名中都有“Pierre”，因此被戏称为三兄弟。——编者注

LOTTE 出的牛奶巧克力融化之后再凝固一次，就能够完成了。很轻松哟！”

这个敷衍的提议大概连今井本人都会在说出五秒后遗忘，悦子也根本没有听进去。看到时钟的指针指向下午一点，悦子从沙发上起身，将杂志放回架上。

事情发生在两天后，也就是“节分”[①] 这一天。

听说编辑部整整十天都联络不上本乡大作。虽然这跟校对部没有半点关系，但悦子之前在文艺组时曾负责过本乡的作品，又和本乡本人见过面，所以《周刊 K-bon》的编辑部打了一通内线电话过来。

“你知道老师可能会上哪里去吗？”

“不知道。这样的话，他的稿子会出问题吗？”

“本乡老师是会事先写好四个星期稿子备用的人，所以还有两个星期的稿子可用。但如果之后仍是失联的状态，就有必要准备可以代替的稿子了……”

接到年轻编辑的电话后，大约过了三十分钟，贝冢上气不接下气地冲进校对部。

“喂，宽松世代！本乡老师有没有跟你联系啊？”

---

① 节分：日本的节气，主要是指在立春前一日。——编者注

“刚刚已经有编辑问过我类似的问题啦！”

“咦，你换座位了？咦，你为什么在看《周刊K-bon》的校样？”

“你的信息也太滞后了！我已经被人事异动快一个月了！”

尽管有些不耐烦，悦子还是向贝冢说明了《周刊K-bon》的编辑已经告诉她联络不上本乡一事，打算快点把他打发走；但贝冢却直接拉着她离开校对部，来到无人的楼梯转角处，从胸前的口袋掏出手机塞给悦子。屏幕上显示出“本乡大作老师”的名称和电话号码。

“我很忙的好吗？”

“打打看吧。我和其他出版社的责编打过去，都没有人接。但如果是非编辑身份的你，老师说不定就会接电话了。”

“我跟那个大叔又不熟！”

“总之你打一个试试吧！”

“这是拜托别人时该有的态度吗，你这个无能编辑！”

“请打过去吧，拜托你。”

或许真的已经着急到像热锅上的蚂蚁了吧，看到贝冢老实低头求她的态度，悦子感到有些过意不去，只好不情愿地按下通话键，然后听到语音系统“您所拨打的电话暂时无法接听，请稍后再拨”的响应。

“如果没有交手机话费，不管谁打过去都一样啊！他的号码被停用了！”

“是无法接听的状态吗？这样也可能是我的号码被拉黑了。快点拿你的手机打……不对，请用你的手机打打看。”

看到贝冢再次对自己低头，悦子返回校对部，从包包里拿出自己的手机后，再回到楼梯间，并将手机递给贝冢。输入本乡的电话号码后，贝冢将手机还给悦子。令人意外的是，这次手机另一头传来了拨号音。结果贝冢又一把将手机抢了过去。有本事你别还给我啊。

然而，到头来也只听到拨号音响个不停，并没有人接电话。贝冢露出放弃的表情，按下结束通话的按键，又把手机还给悦子。

“总之，知道老师还在收得到信号的地方，这样就好了。”

要是反问贝冢“你就没想过他没带手机出门的可能性吗”，感觉事情只会变得更麻烦，所以悦子选择闭上嘴将手机放进口袋里。

“那就好。我要回去工作了。”

“啊，如果老师回电话给你，请马上联络我。不只是我，和他有业务往来的所有出版社都很担心呢。”

“有人去他家看过了吗？”

“目前在连载老师作品的冬虫夏草社和明坛社的人过去

了。我现在也要赶过去。”

说完，贝冢便冲下楼梯。“编辑还真是辛苦啊”，悦子一脸无奈地目送他的背影离去。

晚上八点多到家时，加奈子正在一楼的店里制作鲷鱼烧。除了居酒屋以外，商店街的店铺都已经拉下了卷帘门，鲷鱼烧店的外头也不见半个客人。

“是巧克力奶油鲷鱼烧？”

“啊，你回来啦。嗯。你怎么知道？”

“因为巧克力的香味都飘到十米远的地方了。”

“我想说或许能用这个产品加入情人节的商机大战呢。万一理香回来，发现自己家破烂不堪，一定会很生气，所以要多赚点儿修缮经费才行。”

“不好意思，是我付的租金太少了吧。”

加奈子口中的理香，便是原本住在这里的房东夫妇的女儿。据说她嫁到塞班岛去了。走上二楼后，悦子打开空调，换上运动服，回到厨房把便当塞进微波炉加热，再从冰箱里拿出啤酒。便当吃到一半的时候，加奈子捧着在餐盘上堆得像座小山的鲷鱼烧来到餐桌旁。

“你要吃吗？”

“嗯，谢谢。加奈子，你有想送的对象吗？”

“我哥、公司的同事、还有赤松先生。”

加奈子带着一脸理所当然的表情坐到餐桌前，拿起悦子的啤酒大口喝起来。

“最后那个是谁啊？”

“信用银行的业务员。很帅哦！脸长得超帅！”

加奈子嚼着巧克力奶油鲷鱼烧，花了十五分钟针对赤松先生帅气的脸蛋侃侃而谈。在这期间，悦子吃完了便当，把空盒稍微洗一下之后扔进垃圾袋里，再从餐盘上拿起一块还热腾腾的鲷鱼烧咬下。香醇的可可风味，再加上奶油丝滑的口感，让她不禁瞪大双眼。

“天啊，太好吃了。”

“对吧！自、信、作！这是我充满自信的作品哦！”

“加奈子，你干脆辞掉房产中介的工作，专心卖鲷鱼烧就好啦。”

“做这个又赚不了什么钱。从这栋房子的破旧程度就能看出来。会承租这种地方的人，大概也只有你了啊。明明穿着打扮都很时髦，为什么要住在这种房子里呢？”

“在衣食住行方面，我已经决定不在‘衣’以外的地方花钱啦。”

听到加奈子把自家公司管理的房产称作“这种房子”，悦子忍不住苦笑。这时，放在桌上的手机震动起来。是个不认识的号码。原本犹豫要不要接，但她最后还是按下了通话键。

“喂？”

“你是谁啊？”

对方的声音听起来很模糊。不知道是谁的号码却还打过来，感觉很罕见。

“你才应该先报上自己的名字吧？”

“啊！难道你是景凡社那个负责校对的？”

听到这句话，悦子回想起白天那一连串的事情。让她白天用自己的手机留下来电记录的人，那就是——

“我是河野悦子。这么说，您就是本乡大作老师吧？”

在片刻的沉默后，电话另一头没有否定或肯定，只是传来长长的一声叹息。

“没错吧？您失踪一事造成了不小的骚动。我得联络一下贝冢，把您平安无事的消息告诉他比较好吧？啊，可是我不知道贝冢的手机号码。没办法了。”

应该说，除了今井、森尾和米冈以外，悦子根本不知道其他同事的手机号码。原本以为对方会挂电话，但通话仍没有中断。

“喂喂？您还活着吗？”

“河野小姐，你现在能来帝国大饭店一趟吗？”

“我不想去。帝国大饭店离银座很近，您随便去一间店找下女伴如何？”

“呃，不，我不是这个意思。”

“您现在在帝国大饭店？在那边干吗啊？”

就悦子所知，本乡大作并不是个会拖稿的作家。在被调到周刊杂志校对组之后，悦子也不曾看过会让她觉得“写得很敷衍”的文章（虽然她也只看过三篇本乡的连载而已）。所以，他应该不是因为写不出东西而刻意玩失踪。那么……

“咦？老师，难不成您杀人了吗！所以才要逃亡？如果是这样，得再躲到远一点的地方才行啊！为什么要选择东京正中央的地点啊！您是白痴吗？”

“不对！是我夫人失踪了！”

似乎是本乡不小心说漏了嘴。不知为何，他连忙压低音量表示，“请帮我对其他编辑保密”。

“我明白了。希望您能赶快找到夫人。那就这样。”

说完，悦子按下结束通话键。加奈子露出充满好奇心的闪亮眼神，探出上半身追问：“怎么了？帝国大饭店里发生什么事了吗？”这时，悦子的手机再次震动起来。来电号码跟刚才的相同。悦子按下通话键，有些不耐烦地说：

“我不会跟任何人说的，请您放心吧。”

“拜托你帮我一起找吧。”

“我可没时间啊。为什么要找我？”

“哎，小悦，我听说帝国大饭店的翻转苹果塔很好吃。我也好想尝一次。”加奈子突然凑到悦子身边大喊。

“别捣乱啦。比起翻转苹果塔，拿破仑派更好吃啊！”当悦子正想这么回应的时候，加奈子的声音似乎也传到了电话另一头。

“刚才那是谁的声音？”本乡警惕地问。

“附近的房屋中介。”

“真是一份了不起的工作！翻转苹果塔也行，要吃什么我都请客！我等着你们过来！”

发出震耳欲聋的高分贝呐喊后，本乡“喀嚓”一声切断了通话。悦子忍不住用尖锐的破音喊了一句“什么！”，但一旁的加奈子却兴奋地开始收拾餐桌。

“那个人说要请客啊！虽然不知道他是谁，但一定是个好人。我们走吧，小悦！”

你刚刚才吃完四个巧克力奶油鲷鱼烧啊。悦子望向时钟，现在才刚过九点。想起帝国大饭店的餐厅营业到凌晨十二点，悦子不禁感到绝望。而且，从最靠近自家的车站坐地铁过去，大概只要花二十分钟就能到了。

“我并非鳗不在乎。我的忍耐已经超越界县了。

我要去见见你那些外遇对象。要不要溜下来看家请你随意。亮子。”

鳗→满。超越→超出？界县→界限。溜下来→留下来。

“喂，你不用改这些错别字啦！”

“应该说，这么短的文章就能出现四个错误，从某种角度看也是一种才能了。”

竟然把“满”写成“鳗”。要是写成“蛮”，或许还可以理解。

盖上圆珠笔盖后，悦子转身望向本乡。在这间还算宽敞的标准间里，不知为何，加奈子正坐在床沿打电话叫客房服务，点了三块翻转苹果塔和三杯咖啡。放下话筒后，她像个孩子般用屁股在床垫上弹跳着，并开口说道：

“太开心了，我第一次来这么棒的饭店！太棒了！叔叔，谢谢你！”

看到这样的加奈子，本乡露出笑容，原本憔悴不堪的脸色也恢复了些许生气。悦子总觉得这应该也算是一种才能。这或许就是加奈子在商店街的大人们疼爱下，健康开朗地成长的结果吧。

“那么，您为什么要逃到饭店里来呢？就算夫人失踪了，您本人也没有必要离家出走啊。”

“这个房间，是我和夫人第一次共枕而眠的地方。我原本猜想她可能会在这里，所以去问了前台。既然都来了这一趟，直接回去也有点浪费，就干脆住下来了。”

“女人可没有男人想象中那么浪漫。既然知道夫人不在这里，直接回家就好了嘛。真是浪费钱。”

听到悦子没好气的回应，本乡一脸坦然地表示：

“不，如果我待在家里的话，夫人失踪一事就会被编辑们发现。这样会有损我的形象。再说，自从当上作家后，我一直很想体验一下‘因为写作低潮而躲避编辑’这种事情呢。这样的机会刚好。”

“一点都不好。为什么我得陪您玩这种假装遇到写作低潮的游戏啊？”

“小悦，你不是正在做编辑的工作吗？”

加奈子在绝妙的时间点从旁插话。

“我不是跟你说过好几次了吗？我是校对员。以我的身份，本来无法直接和作家接触才对。所以，关于老师的夫人离家出走一事，我也没有义务涉入其中。”

“之前，理香的妈妈离家出走的时候，理香的爸爸也是去接她回家的。”

听到加奈子这么说，本乡连忙问：“最后是在哪里找到他太太的？”结果，加奈子用轻松愉快的表情道出一个可怕的事实：“好像是韩国。阿姨因为迷上韩国偶像，把银行的钱全都取了出来，直接到当地追星去了。”

“我家应该不可能是这种情况吧。”

本乡有些遗憾地垂下双肩。

“为什么？”

“比起韩国偶像，她更喜欢December’s旗下的偶像。”

加奈子回了一句“这样啊”，然后也跟着垂下双肩。她喜欢的偶像是哪个？好像是Scoop（偶像团体名称）里的某个成员，但我不知道是谁。真是的，现在已经是Snow White（偶像团体名称）的天下了，等您的夫人回来以后记得告诉她——在两人讨论着没有任何实质帮助的偶像话题时，房间的门铃响了。搭配香草冰激凌、呈现出诱人光泽的翻转苹果塔和咖啡被一起送了进来。

看到加奈子露出灿烂笑容，欢呼着“看起来很好吃啊”，本乡脸上再次浮现出微笑。目睹他的反应，悦子开口问道：

“本乡老师，您有孩子吗？”

“没有。因为夫人不想要。”

本乡的侧脸仿佛蒙上了一层阴郁。看来夫妻之间也是存在着各种复杂的苦衷呢——悦子带着事不关己的心情这么想。三人围绕着放好餐点的桌子坐下，开始享用苹果塔。一边吃甜点，一边听本乡细说过往。

两人第一次共枕而眠（这种说法听起来令人怪难为情

的），就是在这个饭店的这间房间。对妻子亮子而言，本乡是她的第一个男人（这也很令人难为情）。亮子非常喜欢美味的东西。在本乡还默默无闻的时候，就算过着捉襟见肘的生活，只要看到新开张的餐厅，两人就会一起去尝鲜。当然，亮子亲手做的菜同样美味无比。在本乡的作品还不红，甚至因此没钱吃饭时，亮子曾经从娘家带着自己做的饭菜给他。每逢纪念日时，亮子亲手烤的蛋糕也相当好吃。趁着和亮子到这间饭店的最高楼层吃法国料理时，本乡向她求婚了。两人第一次发生激烈争吵，是因为约会时选择的餐厅太难吃等等。

“几乎都是在吃嘛！”

“没办法啊！我们就真的是一直在吃啊！”

“没有一起出去旅游的回忆之类的吗？”

“比起观光，我们更像是为了美食而去旅行的……”

“对了，老师。您在《周刊 K-bon》上连载的美食专栏，现在是我在负责校对。”

“咦？你被调去做杂志了吗？为什么？”

早知道就不说了——悦子不禁感到后悔。对本乡说明了整件事的来龙去脉后，他幸灾乐祸地笑着说：“你可要吸取教训，以后别再多管闲事喽。”于是，悦子瞪圆双眼从椅子上起身。

“真的吗？那我回去喽！谢谢您的招待！”

“不不不，等等，等等，等等。这个跟那个是两回事嘛。”

“哪里是两回事啊。我觉得这就是我不应该插手的闲事啊！”

悦子愤愤不平地瞪着抓着自己手臂不放的本乡。在她的怒目相视下，本乡非但没有退缩，还露出有些奸诈的笑容。

“如果你能协助我，我也可以帮你跟女性杂志部门美言几句。虽然我跟 *Lassy* 扯不上关系，但 *Every* 里头有我认识的编辑呢。”

“真是的，您早说嘛，老师。”

悦子堆出至今未曾在本乡面前流露过的灿烂笑容，匆忙回到椅子上坐好。一旁的加奈子，口中含着一截袒露在外的糖渍苹果片，以无奈又怜悯的眼神望向悦子。大人也是有很多不得已的事情好吗！

虽说答应协助本乡，但悦子也不明白自己实际上应该做什么才好。总之，为了寻找线索，第二天她动身前往本乡家。悦子让加奈子过去确认有没有编辑守候在外头（她表示“房子超大”），然后拿着本乡交给她的钥匙开门入内，走向他妻子的房间。

“这样真的好吗？感觉好像侵犯了个人隐私。”

“是擅自玩失踪的人不对嘛。”

加奈子不带恶意地补充了一句，环顾这个大约有悦子房间（在鲷鱼烧店二楼，大概二点二五坪[①]）三倍大的空间。虽然不知道“作家之妻”具体是什么样的存在，但这里没有给人这样的感觉，就只是个优雅的家庭主妇的房间。

“净是一堆无趣的衣服。”

打开步入式衣帽间的悦子不禁脱口而出。她明白服装制造业者是刻意生产出这样的成品，也明白这类无趣的衣服实际上有着很高的市场需求。只能穿上这样的衣服度过人生的人，占了绝大多数。

像是青楼女子的打扮——悦子想起本乡夫人这句曾经对她说过的、带着苦涩尖刺的话。轻蔑的感情中总是包含着憧憬。在生活中穿上这样衣服的她，是怀抱着什么样的心情离家出走的呢？啊，对了，是为了去见丈夫的外遇对象嘛。可是明明就没有这个人啊。

在靠墙的书架一角，并排放着本乡表示能帮悦子向编辑部美言几句的 *Every* 的旧刊。这套杂志锁定的读者群原本是四十多岁的女性，但主打的口号是“为已经获得一切的高贵女性而存在的圣经”，所以也拥有不少五六十岁的女性读者。而且杂志本身的单价并不便宜。在极度不景气的环境下，以年轻女孩为读者的女性杂志，经常会和快销时尚（Fast

① 坪是日本的面积计量单位，一坪约等于三点三平方米。——编者注

Fashion）品牌推出联名商品；然而，这本杂志却勇敢地推出“Harry Winston[①] 的每一天”或“一辈子都要用芬迪！”之类的，让人不禁感叹“现在都什么时代了？”的报道。

悦子从书架上抽出一本 *Every*，一边随意翻阅，一边思考或许这才是女性杂志应有的内容吧。伸手可及的梦想，就不再只是梦想了。尽管明白这一点，但她还是认为 Fraeulein 登纪子的随笔恐怕无法引起同时代女性的共鸣。一如悦子所料，听森尾说，那本书在网络书店上的读者评价奇差无比，看来是不可能加印了。

悦子发现杂志有几页的页角被折了起来。有的是介绍服装的页面，有的是介绍饰品的页面，有的是探讨文化的页面。悦子是习惯用便笺纸做记号的人，但直接将书页折角的人似乎也不在少数。

“看起来很好吃！”

从旁探头过来看的加奈子这么说道。

悦子目前翻开的页面，正好在介绍杂志出版当下最流行的某间来自美国的松饼店。

“如果不把鲷鱼烧弄成鱼的形状，而是做成像松饼那种圆

---

① Harry Winston，哈利·温斯顿，一个享誉全球超过百年的超级珠宝品牌。——编者注

形，会不会比较赚钱啊？”

“那应该会变成另一种名为今川烧的食物吧。”

这一页也被折起来了。这时，悦子突然想到什么，从书架上抽出其他几本杂志。美食专栏的页角同样被折了起来。抽出五本杂志确认后，她发现服装或文化的内容不一定会被做记号，但美食专栏的页角却一个不漏地全都被折了起来。

真是一对爱好美食的夫妻啊。悦子在内心感叹道，同时也涌现一丝亲近感。

向本乡报告自己没发现任何线索后，周末就这样结束了。到了周一，悦子正打算在下班时间准时离开，米冈将一整个纸箱的文件交给她。

“麻烦你对一下答案喽。”

“嗯？什么东西的答案？”

“新人的笔试考卷啊。可别跟我说你又忘了。”

悦子喊了一声“啊！”然后用手掌拍了拍自己的额头。这就是在去年年底让她忘记校对，并因此被人事调动到杂志校对组的工作。

“竟然有这么多啊……明明只是初试而已。”

接下沉甸甸的纸箱，悦子有点吃惊。

“你在说什么啊。这些可都是已经根据履历表筛选后的结果呢。你很容易遭人误解，所以更应该觉得能进入景凡社工作的自己很幸运呢，河野小姐。”

悦子确实很感谢从众多求职者当中选中自己的“杏鲍菇”。不过，倘若事实真的如“杏鲍菇”所言，那她就得更加把劲努力工作才有可能进入杂志编辑部。悦子将原本拿在手里的包包放回地上，从纸箱中取出一沓沓的试卷。为什么不采用机读卡作答的考试方式啊……

根据一起放在纸箱里的指示内容，人事部会负责统计分数，所以悦子只要负责用○或 × 批改试卷就好。在人越来越少的办公室里，她一边对考卷的答案，一边暗示自己是台专门标记○或 × 的机器。过了片刻后，悦子突然感到右边锁骨的正中央传来剧烈的刺痛感。以前去整骨的时候，她询问过整骨师这种现象是不是意味着什么疾病，结果对方告诉她这是肩膀过度僵硬的人会出现的症状。悦子揉着锁骨抬起头，才发现办公室里已经空无一人了。她在这片寂静中叹了口气，同时听到一个令人不悦的声音。

“米冈在吗？”

“他早就下班了。”

听到悦子的回答，贝冢没有转身离开，反而吃惊地踏进办公室。

“真罕见啊。你忙什么忙到这么晚啊？”

“帮新人笔试的考卷对答案。”

“咦，那也是校对员的工作吗？”

“好像是吧。”

今年的试题相当难，让悦子觉得自己几年前参加的好像不是同一场考试。其中有许多常识方面的问题，都不禁让她感叹“亏这些人能答对”。是这几年的常识改变太多了吗？

“又到了招聘季啊。”

有感而发之后，贝冢将罐装咖啡搁在桌上，然后在悦子旁边的座位坐下。

“你这样会妨碍我工作。我不是跟你说米冈已经回家了吗？”

“不，找你也可以啦，我们去吃饭吧。”

“敝人没有能在你们这种编辑会去的高级餐厅支付餐费的资金呢。”

“我请你啦。”

“哇，贝冢先生好大方哟！”

悦子迅速盖上红笔的笔盖，忽地站起身。她无视贝冢傻眼的表情，用无比灿烂的笑容催促“好啦，我们走吧”。

本乡的失踪事件，似乎演变成相当严重的状况。明明不是什么大事，只是本乡觉得丢脸，才躲避起来不见面而已，现在却被加油添醋成“本乡背着老婆和情妇私奔”。甚至还有人猜测他动手杀害了妻子，将她的尸体埋在深山里，然后为了躲避通缉而开始逃亡。因为本乡的第二本著作，内容正是描写这样的故事。编辑难道不会觉得“作家不可能做出和自己撰写的作品内容相同的事情”吗？

“毕竟他的夫人是个醋坛子嘛。这么说起来，其实也是无可奈何的事啊。”

“……”

尽管有很多话想说，悦子仍选择将这些话语和啤酒一起吞下肚。

“跟他私奔的情妇是谁啊？”

“听说之前是赤羽的酒店小姐。但我们也不确定详细的情况。”

“赤羽”这样的地名，听起来有点寒酸。觉得银座太勉强的话，至少也帮他配个六本木的小姐吧。我现在真的没有搞外遇——悦子想起本乡有些落寞的话。在贝冢想象根本不存在的情妇时，她坐在旁边用汤匙舀了一口炖得软烂的东坡肉放进嘴里。她原本还期待贝冢会带自己去更高档的餐厅吃晚餐，结果两人走进的却是一间稍微高级一点的居酒屋。

“作家也真是辛苦呢。”

“咦，像你这样的宽松世代，也能明白作家的辛苦吗？”

“这跟宽松世代又没关系。因为本乡老师就是给人这种印象嘛。跟情妇私奔什么的。如果他的小说是温暖又富有人情味的治愈故事，然后自己是个有小孩，同时又以妻为尊，一家人其乐融融的男人，编辑们也不会把他想成这样了吧？”

“嗯，这倒也是。”

“还有啊，作家也必须符合自己的作品形象吧？或许，本乡老师其实根本没有情妇，而且是个极其普通的人也说不定；不过，要是被读者或编辑发现这一点，可能会让他们失望，所以只好继续演下去。总觉得这样很辛苦。”

尽管知道这么做有失礼节，但悦子还是捧起已经不见东坡肉踪影的小碗，直接喝完残余的红烧汤汁。虽然不是什么名店，但这间居酒屋的餐点十分美味。把空碗放到吧台上，悦子将终于端上来的日式厚蛋卷分成两半。里面还包着鳗鱼呢。真令人开心。

看着悦子喜滋滋地嚼着厚蛋卷的模样，贝冢皱了皱眉说：“你该不会知道些什么吧？”

“我什么都不知道啊。”

“上次跟老师见面时，你一脸对他完全不感兴趣的样子啊。而且老师那种人正是你讨厌的类型吧。既然这样，现在怎么会说出像是在包庇他的话？”

“你怎么知道我喜欢或讨厌的类型？你了解我吗？”

“……”

贝冢沉默下来，在悦子身旁静静吃完自己那份厚蛋卷。他起身去上厕所，吧台后方一名不知是主厨还是师傅的厨师，用故作熟稔的态度向悦子搭话。

“大姐，你刚才那么说有点过分呢。”

就算贝冢是常客，但自己可是第一次出现在这里的生面孔，希望对方能搞清楚状况——悦子这样的想法清楚浮现在脸上，回应厨师的语气也带些火药味。

“为什么啊？”

“我觉得贝冢先生可能喜欢你呢。他常跟我提到一个‘和自己不同部门的嚣张丫头’，我想那应该就是你吧，大姐？”

……什么？（火药味瞬间烟消云散）

“就是这么一回事。我在想啊，我该不会开始走桃花运了吧？”

“咦？怎样都好啦。再说，那种惹人厌的男人，可不能把他算进桃花里哦。更何况，他还是文艺编辑。太离谱了。”

森尾带着完全没兴趣的表情，大口吸着碗里的南蛮鸭肉乌冬面。原来如此，贝冢不算桃花吗？说的也是啦。

“真要说的话，我们公司的男性文艺编辑个个都很骄傲自大不是吗？就连过来拜托我们把书评放进杂志的文化专栏时，都是一副不可一世的态度。明明是个赔钱的部门，却自尊比山高，真的只能说是糟糕透顶。跟我们的读者模特儿联谊时，内心跟下半身都异常亢奋，就这样他们却瞧不起做杂志给年轻女性阅读的我们。就算受这种男人欢迎，也不值得开心啦。”

“哦……嗯……”

他们或许只是因为女性杂志的编辑看起来都很可怕，为求不要输人，才会这样虚张声势吧——还来不及插嘴，森尾又继续往下说：

“对了，比起这个，我真的想不出什么好企划了。我需要构思。给我一些想法吧。明天就要开会了。”

看着森尾气势逼人的黑眼圈，悦子随口建议说：

“名为‘轻贵妇的遁世之旅’这样的美食旅行企划怎么样？或者是在东京都内的轻贵妇饭店犒赏自己的企划。诸如帝国大饭店这种的。”

“不要轻贵妇来轻贵妇去的啦，听起来更穷酸了。再说，像帝国大饭店这种地方，我们杂志的读者绝对踏不进去啊。”

“是吗？不然只去喝下午茶也好。再加上‘帝国大饭店商场轻贵妇购物体验’之类的专栏。”

“说了不要加上轻贵妇三个字啦。不过你的提议我还是会参考的。遁世之旅感觉不错呢，让人有点心动。”

森尾从口袋里掏出手机，在备忘录里输入刚才的对话内容，又若有所思地看向远方。

“比起遁世，我更想逃避现实呢……”

“如果你消失了，我会代替你过去那边的编辑部。”

“你可不行。要是出现轻贵妇和情妇这种字眼，我们家的杂志就完蛋了。”

悦子装模作样地说了一句：“女性杂志还真是不好做啊！”她喝干咖喱南蛮乌冬面的汤汁，放下筷子。跟她同时放下筷子的森尾一脸狐疑地问道：

“奇怪，好难得呀。为什么是旅行企划？你平常不都会提出跟服装相关的话题吗？”

“哦……莫名就想到了吧？”

不慎将滞留在脑里的思绪泄漏出来，悦子现在才有种冒冷汗的感觉。希望这间店里没有其他文艺书籍的编辑。

“难不成你交到男朋友了？是那个模特儿吗？可不准你自己一个人偷跑哟。”

森尾这个令人感激的误会，让悦子的冷汗又缩回毛孔里。

“跟你说啊，我啊，想在情人节送巧克力给他呢。你觉得买哪一家的比较好啊？今井都不肯认真和我讨论。”

“送巧克力给模特儿？你是笨蛋吗？当然要送蒟蒻果冻啦。要保持身材可是很辛苦的呢，尤其是会上台走秀的模特儿。”

可是他会喝焦糖玛奇朵啊——虽然这么想，但悦子没有实际反驳。她用牙签稍微剔了剔牙缝，便离开餐厅返回公司。午休结束十分钟后，贝冢出现了。原本以为他是因为昨天扑空，所以今天又来找米冈；但在和米冈说了几句话之后，不知为何，他过来拍了拍悦子的肩膀。

“你现在方便吗？”

“不方便。我在工作。”

回想起昨天那名厨师的话，悦子不免提高了警觉，她可不想被贝冢告白，因此表现出比以往更冷淡的态度。尽管如此，贝冢仍继续和她搭话。

“你上星期是不是去帝国大饭店了？”

“是啊。跟住附近的房屋中介一起去的。”

“咦？男的吗？”

看着吃惊到说话有些破嗓的贝冢的表情，悦子更加怀疑他可能已经迷上自己了。虽然希望受男人欢迎，但正如森尾所说，被这种人看上，实在不值得高兴。

“你问我‘是不是去过’，所以不是你亲眼看到的？”

“嗯。不是我，是一位跟作家开会的前辈说好像是你。”

既然这样，就把跟我在一起的人也告诉他啊。

“我只是跟住附近的女性房屋中介一起去吃翻转苹果派而已。”

不知道是不是错觉，贝冢似乎松了一口气；但下一秒，他随即恢复原本的表情，并追问道:“本乡老师没跟你在一起？”突然被他这么问，悦子感觉自己的视线开始心虚地在半空中游移。

“没有啊。我跟中介在一起。”

“他在帝国大饭店对吧？”

“都跟你说没有了！”

“你的言行举止太明显啦。换作是平常，你只会回答‘这跟我又没关系’。”

是这样吗？悦子转头向米冈求助，结果他只是垂下八字眉点点头。

“他住几号房？”

“我不知道！”

“1228对吧？”

“你都知道了，干吗还问我啊！但是，你怎么会知道？”

“老师之前在随笔里提到过，那是他充满回忆的房间。”

那个大叔是白痴吗？完全穿帮了啊！

然而，本乡并不在那间客房里。看起来不是暂时外出，而是已经退房了。虽然友善的服务人员答应让两人入内检查，但为了让下一位房客使用，这个空荡荡的房间早已被整理完毕，也换上了一套新被单。里头没有留下任何能称得上是线索的东西。

"你为什么不告诉我啊。"

在客房门外，贝冢以罕见的严肃表情质问悦子。

"因为老师叫我不要说出去。"

"我不是交代你要告诉我吗？"

"本乡老师要我别说出去。对我来说，本乡老师跟你，哪个比较伟大啊？"

"是哪个呢……"

悦子迈开步伐，将认真思考的贝冢甩在后面。

"既然事情已经曝光了，就把一切都告诉我吧。老师为什么不见了？"

"你能保密吗？不会告诉其他公司的人？"

"不会。"

"请我吃楼下餐厅的拿破仑派吧。"

自己提供的情报还真是廉价啊——虽然心里这么想，但午餐吃的咖喱南蛮乌东面分量异常的少，所以悦子已经觉得饿了。在服务生带领下，两人坐进餐厅最深处的座位。在拿破仑派端上桌之后，悦子一五一十道出事情经过。本乡或许有情妇，但他并不是和对方一起去旅行了——这是悦子的说法。他只是为了保住本乡所谓"男人的面子"和"本乡大作的作家形象"。

"他太太留下来的信呢？里头写了些什么？"

“‘我并非鳗不在乎。我的忍耐已经超越界县了。我要去见见你那些外遇对象。要不要溜下来看家请你随意。亮子’。我加重发音的地方，是她汉字写错的部分。”

“那封信的内容跟你说得一模一样？”

“嗯。”

“这样的话，他们会在赤羽吗？”

不，那个赤羽的酒店小姐，是你们编辑凭空捏造出来的人吧。但悦子并没有指出，只是用叉子将拿破仑派送往嘴里。

“我也明白自己只是个校对员，所以没有资格对编辑大人的做法说三道四。可是……”

做过一番铺垫后，悦子吞下口中的拿破仑派，又继续往下说道：

“有必要马上把老师找出来吗？”

“不。如果他没有杀了自己的太太，再把尸体埋在深山里的话，就没有这种必要。这是对我们公司来说啦。只是，冬虫夏草跟明坛那边……”

据说，本乡大作的文章算是第二受欢迎的“人气连载作品”，可以的话，编辑部不希望他休刊。要是让本乡休刊，编辑们就得把之前搁置一旁的由默默无闻的新人作家所撰写的稿件拿出来用。另外，之前把稿件搁置不管，其实背后也存在着某些理由。说到这些理由，不外乎是“因为编辑太忙，所以没时间受理作家的稿件，隔了好一阵子再去联络又很尴尬”“作家不想重写，要游说对方这么做也很麻烦”等等。在悦子看来，这些全都是能够想办法解决的小问题。不过，既然自己刚才已经说过“没有资格对编辑大人的做法说三道四”这种话，她也只能把这样的意见吞回肚里。

“至少，在老师找到夫人之前，你就放过他吧？”

“嗯……”

将最后一口派放进嘴里时，悦子感受到来自右斜前方的一股视线。抬起头来，她不自觉地发出奇怪的声音。

“呼……”

“果然是你呢，河野小姐。”

一名爆炸头帅哥露出灿烂的笑容朝她走来。悦子迅速咀嚼了几下，然后用一大口咖啡将拿破仑派冲进胃里。啊，他怎么会帅成这样呢。感觉坐在自己眼前的编辑看起来跟垃圾没两样呢。

“咦，是永先生？”

当然，贝冢也认得曾经进出景凡社的是永。他慌慌张张地起身，然后带着困惑的表情交互望向悦子和是永。

“你们为什么会认识……”

“之前发生过一些事。”

上次去参观时装展时，是永“希望下次有机会一起吃个饭”的邀约至今尚未成真。所以，这是两人自从那天之后第一次见面。

“米冈先生好吗？”

“是的，他还和以前一样。”

“咦，你怎么连米冈都认识？”

“你赶紧闭嘴！”悦子在心中怒骂着贝家，然后竭尽所能对是永露出甜美的笑容。

“我一直开工作会议直到刚才。啊，不过，不是‘是永’这个身份的工作。”

除了文艺编辑部的部长以外，是永似乎没向任何人透露自己模特儿的身份。朝贝家偷瞄了一眼之后，是永露出看似恶作剧成功的笑容。这个帅气的笑几乎令悦子晕眩。

“我……呃……倒算不上是工作会议……”

“啊，我明天要去法国一趟。你想要什么礼物吗？”

说着，是永靠近悦子的耳边，轻声向她表示“我要去参加选秀，但这件事请你帮忙保密哦”。悦子觉得自己快要瘫倒在椅子上了。

“只……只要是是永先生挑选的东西，什么都可以。”

“那么，等我回国之后，我们再见个面吧。”

之后，悦子不记得自己又跟是永说了些什么。回公司的路上，贝家似乎念叨了一堆乱七八糟的东西。她坐在桌前，进入对答案的机器模式，然后埋头工作。终于来到最后一张试卷时，悦子奋力在最后一题画上“×”，然后再次望向刚才用手机输入的行程安排表。

“我们再见个面吧。”是永这么说，然后指定了2月14日。

毋庸置疑，那天是情人节。

Part 5

第五话 校对女孩之俄罗斯和豆皮与其他鳗鱼

悦子的研习笔记　之五

【版权所有】用法是“××的版权所有”。就是指出版那本书的出版社。用法就像是标注受雇渔夫渔网所有权的船主一样。船主是啥？像蟹道乐[①]那样吗？晚一点来查看好了。

① 蟹道乐是日本一家有五十年历史的餐饮连锁店。——编者注

上午九点，是景凡社校对部的上班时间。文艺组、杂志组和学术组都一样。据说这是让从编辑部调过来的职员最痛苦的地方。为了和作家或写手直接讨论稿件的内容，编辑的工作时间也必须配合对方，所以他们多半起得比较晚。然而，校对部的所有职员都必须在早上九点到公司，面对自己负责的校样。校对部总是一片静悄悄的状态，安静到会让人被电动削铅笔机的声音吓到双肩一颤。那仿佛足以把冻结在湖面的一层薄冰震个粉碎的刺耳运转声，大概一个小时会出现两次。另外，除了终校日外，大家都会在晚上六点准时下班。

在资深员工齐聚的杂志组当中，两个半月前被人事调动调过来的悦子，并没有被当成正式的一员，负责校对的都是一些相对轻松的稿件。至于在杂志上连载的历史小说，在送印之前会先经过监修员之手。悦子负责校对的，便都是经过监修的版本。就算有错，也能在出成单行本的时候修正。

所以，2 月 14 日上午九点四十分的现在，身为景凡社杂志校对组成员（非正式）的河野悦子，不是出现在纪尾井町，而是在寒风刺骨的东京车站第二十三号线的站台。

“白痴！你真的是个白痴！我今天有约会啊！”

她不是夸张，而是真的眼泛泪光，在被炫目阳光笼罩的日本国正中央呼喊着和爱完全沾不上边的东西。在风中飘扬的沙尘，因被日光反射而散发出宛如钻石星尘般的光芒。现在，这里八成比俄罗斯还冷。

【校对】检查核对。阅读文章或原稿，确认是否有错误或不合理之处。

——出自《广辞苑》

事情要回溯到前一天，也就是 2 月 13 日。本乡大作表面上失踪的第二十天。

这天，同时也是连载着本乡文章的冬虫夏草社文艺杂志的最终交稿日。明坛社那边的连载因早已超过交稿期限，预定在四天后出版的新一期杂志中，将会看到本乡的休刊通知，以及默默无闻的新人单篇完结文章。至于《周刊 K-bon》的美食连载专栏，这个星期就会用掉预先写好的最后一篇稿件。

再追溯到十天前，在帝国大饭店被本乡要求“帮我一起找出夫人”之后，悦子曾前往本乡的住处翻箱倒柜地搜索，但最后向他报告的结果仍是“没找到任何类似线索的东西”。不过，在那之后，悦子试着自己整理了线索。因为，要是本乡真的在 *Every* 有人脉的话，她可不能放过这个机会。

首先，本乡夫人总是会一字不漏地阅读丈夫的著作。而她全部的生活中，总是少不了丈夫的身影。也就是说，她几乎不曾和丈夫以外的人外出。也没有无须经由丈夫的信息来源。再加上她不懂得如何使用网络，会看的电视节目基本上也只有 Scoop 参与演出的连续剧或电影。那么，除了这些以外，她唯一的信息来源，就只有自己喜欢的杂志 *Every* 连载的丈夫的作品，或是丈夫的访谈内容的杂志，以及信用卡的会员杂志吧。

另外，本乡夫人的娘家位于东京都，且双亲都已经过世了，所以也无法上演“我要回娘家！”这种戏码。更令人吃惊的是，本乡夫人跟悦子同样毕业于“圣妻女子大学”，可以说是她的学姐。这是贝冢后来告诉她的。悦子是经由大学入学考试进入圣妻女子大学的，本乡夫人亮子则是从初中一路升上去的。而这些似乎都是本乡写在《昔日随笔》里的内容。贝冢最近才发现这个事实。他顶着一张惨白的脸，为自己戏称悦子念的是“三流大学”一事道歉。看过随笔的复印内容之后，悦子不禁淡淡骂道:“不管怎么说，那个老头还是最爱自己的妻子嘛。”

现在虽然有悦子这种毕业生，但本乡夫人读书的时候，圣妻女子大学确实是一所只教授家政和语文，完全是为了培育贤妻良母而存在的学校。所以，她会成为这种思想封闭的妻子，或许也不难理解。

——哎，本乡夫人最喜欢的书是哪一本？

时间回溯到六天前——不过，这里所提到的时间其实根本无关紧要，所以也无须特别记下来——悦子这么询问贝冢后，他回答是本乡出道后的第十四本著作《蝶之瞳》。遗憾的是，这本书卖得并不好，单行本和文库本都已经绝版了。尽管很不情愿，但悦子还是向贝冢借了他的藏书。

令人吃惊的是，这本书没有悬疑或情色。不对，尽管还是有情色描写，但却是一本没什么悬疑要素的恋爱小说。哦，女性就是喜欢这样的作品嘛。悦子一边这么想着，一边草草翻阅。虽说是草草翻阅，不过，因为她总是忍不住去在意标音的位置或标点符号的用法，所以仍花了不少时间。

“我好想去法国呢。”蝶子时常这么说。我内心满是愧疚，也只能紧紧搂住她纤细的身子。再过三年，蝶子的双眼就会完全失明。时间只剩下三年了。可是，女儿还要五年才会成年。尽管和妻子之间已经不存在一丝爱情，她却时常重复“在朱里成年之前，麻烦你继续维持这个家的样子”这句话，仿佛把它当成口头禅一般。

蝶子的视力是从一年前开始衰退的。一开始，她原本以为只是过度疲劳引起的症状，因此并没有太在意。然而，在接受医生诊断后，她才明白这是一种渐进性眼疾。因此自暴自弃的她，最后和我共度了一晚……

在这种情况下，还有心情跟男人共度一晚？

虽然是一本令人不禁提出这种疑问的小说，但最后，男主角还是抛妻弃子，怀着殉情的想法带着蝶子前往法国。他们到巴黎的 Michel Rostang 餐厅品尝了松露和梭鱼丸，到亚尔萨斯的 Auberge de I'III 吃了鲑鱼舒芙蕾，到勃艮第的 La Cote 大啖田鸡和鲈鱼，又造访了香槟地区的 Les Crayeres，罗阿讷的 La Maison Troisgros，阿基坦的 Loges de Aubergade 等等。为了在蝶子完全丧失视力前让她见识这一切，男主角像个逃亡的通缉犯一般，每天都带着她往不同的地方跑。针对在各地吃的、买的和看到的东西，文中都有着巨细靡遗的描写，让人忍不住怀疑本乡根本是打着取材的旗号，拿出版社提供的经费吃喝玩乐。想起打印在自己薪资明细上的金额，悦子不禁感到悲从中来。水晶青苹果是什么东西，我也想吃吃看啊。

同时，悦子也有种恍然大悟的感觉。和编辑开会时，本乡夫人必定会一起出席。所以，这趟取材之旅她应该也会同行。本乡没写过其他以外国为背景的作品，再加上这阵子经济低迷，如果不是超级畅销书的作家，恐怕很难要求出版社出资赞助自己到国外取材。因此，对本乡夫人来说，这本书或许是满载回忆的一部作品吧。所以才会是她最喜欢的著作。

书中出现过的食物看起来都相当美味，让悦子忍不住一一上网查询。接着，她一不做二不休，干脆把手边的本乡著作中出现过的食物全都列出来。炙烧海鳗、龙虾长寿味噌汤、鳖肉什锦粥、石斑鱼生鱼片、香葱鸭肉汤沾面、河豚火锅、腌海参肠。在校对时，悦子只是针对“这道料理是否真的存在”而上网查证，并没有特别在意。不过，她现在发现本乡对食物的描写都相当细腻。这么做明明没有意义啊。

最后，虽然尝遍了各种高级食材，但悦子发现有一种高级食材完全不曾出现过。那就是鳗鱼。

——我并非鳗不在乎。

亮子留下的书信内容，此刻清晰地在悦子脑中浮现。

那说不定是某种暗示？

她用公司内部信箱告知贝冢此事。之前，把亮子的留言内容告诉他时，悦子原本以为那只是一篇错字百出的书信，所以并没有把详细用字一并说出来。不过，贝冢不愿放过任何一丝可能性，在收到信之后，马上气喘吁吁地赶来校对部。这是在 2 月 10 日发生的事。不过，这个日期也不重要。

“你说鳗鱼？”

“嗯，鳗鱼。你以前招待老师跟夫人时，是不是都没请他们吃过鳗鱼？”

“我怎么可能把每场饭局的菜色记得一清二楚啊！”

“关我什么事！吼我有什么用啊！但是，你好歹也把这种事记在随身手册里吧！”

在这样的对话后，贝冢转而联络本乡在其他出版社的责编，接着再次返回校对部。

“每个人都说没请老师吃过鳗鱼啊！”

“你不需要一一跟我报告好吗？跟你不一样，我可是在工作中啊！”

“我也在工作啊！”

“烦死啦！贝冢，回你自己的部门去！”

被平常总是温和客气的“杏鲍菇”（但最近头发长长了，看起来比较像草菇）怒声斥责后，贝冢连忙低头赔不是，然后拉着悦子离开校对部。

“所以，鳗鱼到底是在暗示什么？”

在楼梯转角处听到贝冢这么问，悦子有种几乎要全身一瘫，然后从楼梯滚下去的感觉。不是夸张，而是真的这么觉得。悬疑小说作家的责编竟然是这副德行，真的不要紧吗？

“没人请老师吃过鳗鱼，就代表他讨厌鳗鱼吧？会不会只是夫人自己出门去吃鳗鱼了？有可能是因为夫人很喜欢鳗鱼，但跟本乡老师一起用餐的话，就没办法吃了嘛。”

“哪有可能啊，她不是会独自出门的人！”

“这我哪知道啊……”

悦子已经连大声反驳的力气都没有了。她把贝冢的话当作某个遥远国家的未知语言，一脸茫然地听着。反正都是一堆左耳进右耳出的内容。

这天下班后，为了四天后的约会，悦子前往东西百货公司买新衣服。因为难得可以早点下班而兴奋不已，在员工出入口和藤岩不期而遇。“你还是一样土气啊。”“请不要管我！”两人互相“问候”完毕，悦子决定干脆把藤岩一起拖去百货公司。令人意外的是，藤岩居然老实地跟着她走了。

“听说你从文艺校对组被调到其他地方了？”

“啊，嗯。不过工作内容还是老样子，都在校对小说跟专栏连载文章。《周刊 K-bon》里头的。”

“什么？”

在不明白藤岩这句“什么？”代表什么意思的状态下，两人踏进了百货公司的入口大厅。搭上电扶梯，看着为了情人节而筹备的“巧克力天堂（特别活动会场）”鲜艳又刺眼的宣传设计，藤岩说：“对了，我看了那本书。”

“哪本书？”

“Mademoiselle[①] 登纪子小姐的随笔。”

“是 Fraeulein。”

“原来也有那样的世界存在啊。但反正跟我无缘。”

藤岩的这句话，正和悦子对她本人抱持的感想相同——虽然立场完全相反。听到她的感想，让悦子陷入一种复杂的情绪之中。

“你觉得怎么样？”

“是一本很有趣的书。”

藤岩令人出乎意料的回应，让悦子错过离开电扶梯的时机而踉跄了一下。

“真的吗？那本书的读者评价很差呢。”

“我知道啊。可是，看过那本书之后，至少让我涌现了‘可能真的要认真打扮外表才行’的想法。很多人都会用外在来评断他人。而且，多了解书中描述的那个世界，在跟经历

① 法语“女士”之意。——编者注

过泡沫经济的年长作者交流的时候，应该也会有很大的帮助。现在虽然经济不景气，但在自己年岁逐渐增长之后，时代或许也会跟着改变。为了应对这种时刻的到来，我也想开始好好准备，才能避免到时候闹笑话呢。”

时尚想必也和文学一样，只要是优质的东西，就能够受到爱戴而永世流传，是一种可敬的存在。面对一边缓缓迈开步伐，一边认真发表着感想的藤岩，悦子带着一种冰释前嫌的心情回望她。头脑聪明的人，或者该说是付出足以考进东大的努力的人，也许从最根本的地方就跟自己不一样吧。悦子原本只觉得藤岩是个不知变通又土气的女人，但现在，她却能够以放眼未来的心态，肯定悦子无法接受的 Fraeulein 登纪子的文章。这是那些不知变通的人所做不到的事情。悦子突然觉得眼前的藤岩闪耀着光辉。

“藤岩小姐……我觉得……你好厉害啊。”

“你现在才发现啊？太晚了吧。”

“但你还是跟平时一样土气呢。”

“所以我今天才会跟你一起来百货公司呀。好啦，请你挑选几套适合我的衣服吧！”

说完，藤岩在“优质而受到爱戴”的王者品牌香奈儿的店门前停下脚步。两旁的店家分别是菲拉格慕和爱马仕。

“不，这间店不能进。应该说这层楼的店都不能进啦！”

悦子慌慌张张拉起藤岩的手，领着她走向往上的电扶梯。

藤岩的时尚入门书，是贵妇时尚研究者的先驱登纪子大师的著作。因此，完全不了解“一般服装”价钱的她，来到适合干练粉领族的服装贩卖楼层时，看到吊牌上的售价，忍不住惊呼一句“原来这么便宜吗”，接着便用惊人的气势一件又一件地买下。她或许已经做好接受香奈儿或普拉达那种价位的心理准备了吧。看着把六万日元的春季大衣立刻交给店员结账的土气同事，悦子还来不及出声表示：“那不算便宜。真的不算便宜啊，藤岩！”百货公司里头便开始播放《萤之光》[①]了。最后，这一天就在单方面陪藤岩制装的状况下匆匆结束了。

人们总是倾向以自己为中心来思考。对藤岩来说，她的日常生活就是常识；对悦子来说，她的判断基准就是常识。拥有超出彼此认知范围常识的两人，一起吃了一顿还算愉快的晚餐。

“你现在才发现啊？太晚了吧。”

“森尾小姐，藤岩小姐昨天才对我说过同样一句话呢。”

第二天，假日还得外出加班的森尾，因为两个取材行程

① 《萤之光》是商场中提示营业时间结束而播放的音乐。——编者注

之间隔了四小时的空闲时间，所以就跟悦子约在表参道见面。采买了一堆春装之后，两人找了间咖啡厅坐下来聊天。

“校对部真的是个被保护得很好的部门呢。”

森尾点了 Pork Ginger Plate（其实就是姜汁烧肉套餐），用叉子叉起佐餐的生菜，弯着八字眉望向悦子。

“你在挖苦我吗？”

“不是啦。我只是觉得，虽然都待在同一间公司里，但我们做的工作却完全不一样呢。”

“什么意思？”

“我想你应该也详细研究过了吧。做杂志需要面对很多和外界交涉的状况，而这种对象里头也不乏奇怪的人……应该说没有半个正常人呢。”

“哦……”

“不只是有工作往来的人哦。之前啊，有读者打电话来投诉我们的‘三十天穿搭教战手册’的企划，说什么‘你们是躲在哪里观察我一整个月的穿搭！不准随便监视我的生活！小心我告你们哦！’这样。”

“哇！好可怕。”

“待在校对部，就不会有这种经验了吧？”

虽然没有，但悦子觉得自己隶属的部门，原本就是个“将日文的正确表达追求到极致”的地方。至于经常需要往来沟通的编辑部的贝冢，为人又是那副德行……尽管想反驳，但悦子觉得自己大概无法清楚说明，所以只能选择沉默地点点头。

森尾还说，编辑部这种地方，会让人们见识到在自己至今的生活环境中所无法想象的、来自其他个体的“常识”。的确，在景凡社当校对员的悦子，会把自家公司的工作方式当成常识；她曾听说过，有些公司并不会使用校对指示文件。而且，景凡社的员工可以同一时间只专心做一本书，但某些大型出版社的员工，可能必须同时处理三四本书。过去，悦子负责过一份因为页面上满是紧密排列的汉字，导致看起来一片黑压压的稿件。她抱怨看稿看到眼睛痛的时候，米冈曾婉转地对她说：“我们这样还算幸运的呢。”

“好啦，比起这种事，你跟那个模特儿怎么样了？”

听到森尾淡淡地这么问，悦子露出灿烂的笑容回答：

“好奇吗？哎，你觉得好奇吗？我们大后天要约会呢！”

“真的吗？咦，是十四号吗？那不就是情人节！你买好蒟蒻果冻了吗？”

“没买！”

要送蒟蒻果冻的话，还不如什么都不送。悦子打算放弃巧克力这类吃的东西，改送服饰类的礼物，但还是迟迟无法决定品牌。

第二天，也就是情人节的前两天，今井在员工出入口和悦子不期而遇，她带着一脸愤慨的表情逼近她说："太好了，时可姐！快点听我吐苦水。"听到她当面叫自己时可姐（不是真的可爱，而是时尚却可怜没人爱的意思），虽然不免有点挫败感，但悦子还是无法直接拒绝，只好跟着今井坐上出租车来到代官山。最后，今井甚至还陪着悦子到 Loveless 挑选礼物。"送他 Alexander McQueen 或 Lucien Pellat Finet 的衣服就好了啊。"悦子不想理会她这种毫无帮助的建议，买了一件 Kris Van Assche 的衬衫。越是为了挑选礼物而烦恼，越会一直无法得出结论，所以，还不如选择送个平凡到令人吃惊的安全品牌就好。幸好自己及时做出了这种决定。

在连续两天外食和情人节礼物的轰炸下，手头不免有点拮据，悦子和今井一起踏进快餐店。抱着一种怀念的心情，一手捧着可乐，一手拿着干酪汉堡大嚼，开始倾听今井的抱怨。

结果，今井想抱怨的，是男朋友瞒着她去跟女大学生联谊这种无关紧要的芝麻小事。然而，经过这两天的教训后，悦子觉得对自己来说不值一提的小事，也有可能是攸关今井生死的重大事情。因此，她尽可能露出严肃的神情倾听。不过，直到最后，真的净是些无关紧要的内容。既然男朋友很有钱，不会让她过着物质匮乏的生活，这样就已经谢天谢地了吧。在悦子陷入像是在听人念经的状态时，今井皱起眉头问道：

“你觉得这些根本是无关紧要的小事对不对？”

“呃，没有啊。”

“全都写在你的脸上啦。我听森尾姐说了，河野小姐，你现在好像在单恋某个作家还是模特儿？刚才那件衬衫，也是要送给他的东西吧？”

“啊，嗯……”

“身处单恋这种轻松状态的人，不可能理解我的感受呢。”

“那就不要找我当你的垃圾桶啊。”

“因为我找不到其他看起来很闲的人嘛。”

我才不闲好吗——悦子吞下这句话，重新盯着今井的脸瞧。她是个光凭可爱脸蛋生存至今的女孩子。尽管内心可能在想很复杂难懂的事，但绝不会表现出来（不过应该是没有在想）。

如果是这样的女孩子，会涌现什么样的看法呢？悦子突然感到在意起来，于是开口问道：

“哎，如果你的男朋友脚踏两条船，你会怎么做？”

“我会生气。”

“嗯，这个我知道。那生气之后，你会采取什么样的行动？”

“把他从家里踢出去。”

“咦，你现在的住处不是男朋友租的房子，而是自己租的吗？”

“不是租的，而是登记在我名下的房产。是我父母通过生前赠予给我的。”

“……”

这样的人何必出社会上班啊。在悦子无言以对的时候，今井又反问：

“为什么要问这个？既然还在单恋，比起脚踏两条船，你更应该思考怎么做才能两情相悦吧？”

听到这番令人不快的质疑，悦子只好简单说明了本乡的问题。

“呜哇，好麻烦的女人啊。”

这便是今井的感想。听到她替众人说出这样的心声，悦子不禁有种痛快的感觉。

“反正她一定也有外遇对象吧？”

“不，可以断言她没有。应该说她根本没有搞外遇的能力。”

“那就是真的跑去宫崎那一带吃鳗鱼了吧。啊！真好，我也想去呢。为什么到了这种年纪，我还坐在麦当劳里头吃照烧猪肉堡呢。”

“你再说一次。”

“为什么到了这种年纪，我还坐在麦当劳里头吃猪肉堡呢。”

“上一句。鳗鱼那句。你说的宫崎是哪里的店？”

“哦，不是，我是说九州岛的宫崎县。说到鳗鱼，东京人可能会先想到滨松市，但其实九州岛那边的捕鱼量更多。我记得鹿儿岛的捕鱼量好像是日本之冠呢，而且便宜又美味。你不知道吗？”

不知道。更让悦子惊讶的是，她竟然是从今井口中得知这种信息。

接着，像是齿轮全都嵌合在一起般，她为了找寻线索在本乡家翻阅的那些杂志和书籍的内容，全都宛如浪涛来袭似的在脑海中清晰浮现。书角被折起来的 *Every* 的美食专栏页面、信用卡的会员杂志。而其中，提及鳗鱼料理餐厅，而且还是九州岛捕获的鳗鱼的，唯独只有 2012 年 10 月出版的那本 *Every*。那是享受九州岛之秋的专栏报道。因为悦子觉得秋天的九州岛只会刮台风，根本没什么好享受的，所以能轻而易举地想起相关内容。

“大木淡水……”

“哦，我记得那边有养殖渔业自家经营的食堂呢。”

“你怎么会这么清楚啊？”

“因为我跟男朋友一起去过。”

以这句回应为契机，今井再次把话题拉回男朋友跑去联谊一事。

会为了吃鳗鱼而远赴九州岛，同时也能在麦当劳里一脸幸福地享用照烧猪肉堡和麦乐鸡块。这样的今井，让悦子真心认为她是个本质善良的名媛。悦子将这样的想法坦率告诉她，还补上一句“虽然男朋友做出这种事，但我想他最喜欢的一定还是你哦”。今井露出了有些意外的表情，然后腼腆地笑了。

看着现在在眼前吃着日式酱油团子的这位大小姐，悦子第一次发现，虽然方向完全不同，但眼前这个人的本质其实和今井很相似。

“你找到老师的夫人了吗？”

“别说是夫人了，现在连老师本人都失踪啦。打手机也联系不上。你为什么这么晚还跑来我家啊？我想睡了。”

“我跟我妈吵架了。”

“你是初中生吗？”

跟今井在麦当劳待到晚上十一点的悦子，在日期即将切换到明天的时候回到家，结果发现加奈子的身影。

“我的嫂子啊，是个很能干的人。然后呢，每次嫂子来我们家，我妈就会拿她跟我做比较。说什么‘你已经是个大人了，所以要更努力一点’。是嫂子能干过头了好吗？我这样才算正常啊，真受不了。”

“我今天已经不想再听这种话题了。”

“真受不了”应该是我要说的台词才对。加奈子开始卸妆，悦子转过头不去看她，发了一个短信给前几天才得知手机号码的贝冢。“本乡老师的夫人说不定在九州岛。她可能去过大木淡水业者自营的食堂。”最后还补充一句：“但因为夫人已经失踪好一段时间了，这些情报或许参考一下就好。”

一般来说，这已经是可以报警的状况了。而且，就算因失踪而报警，如果对象是跟自家公司的文艺部门合作的作家，《周刊 K-bon》这种八卦周刊杂志就绝对不可能刊载他的丑闻；如果换成前艺人、前酒店小姐这种“关注焦点非文艺性质”的作家，因为他们的“重心”不在出版社，所以就会遭到无情的爆料（是永选择不公开自己的模特儿身份，恐怕就是基于这种理由）。但要是不属于这种情况，杂志就不会公开和作家相关的事件。就算去报警，明明也不会有任何问题的啊。

吃着最后一个日式酱油团子时，贝冢回复了她的短信。

“我明天会联络店家试试。”

至少也写一句谢谢吧——在悦子为此感到不快的同时，加奈子一边叹气，一边发表起哲学感想：“想变成大人真的好困难啊！”真的是这样呢。悦子这么想着。她不想变成连一句谢谢都说不出口的大人。虽然自己也已经是大人了。

过了半夜一点，加奈子回去了。悦子重看了一次贝冢的短信后，涌现一种想要放弃的愤怒感。她拖着疲累而沉重的身体回到二楼，打开电脑。比起让贝冢向自己说谢谢，她更想让他输得哑口无言。“鳗不在乎”“超越”“界县”“溜下来”本乡是一名悬疑小说作家，而他的夫人读过他的每一本著作。如果这几个错字及“外遇对象”一词，其实全都隐藏着某种含义的话——为了找出线索，悦子用电脑一直查找到天亮。

转眼到了情人节前一天。说到出版界这天的状况，就是本乡在冬虫夏草社的文艺杂志上开了天窗。至于悦子这天的状况，则是满脑子充斥着“是永大概已经搭上飞机，不知道他会带什么礼物给自己，不不不礼物什么的可能只是表面，绝对要让贝冢哑口无言”等等想法。结果，因为这些交错的千头万绪，她在没怎么睡好的状态下去上班。结果，发现办公桌上放着今天必须处理的《周刊 K-bon》校样，以及无论怎么看，都是女性杂志的黑白内页的印刷厂打样。悦子觉得兴奋到全身的毛孔都张开了。

“这是刚才甩着一头乱发冲进来，喊着‘这个实在来不及了！’的森尾小姐留下来的稿件。听她说今天下午两点就要交出去。”

比悦子早一些进办公室的米冈，似乎成了熬夜到天亮的森尾讨救兵的对象。上个月，基于总编的指示，工作调整小组的职员以强硬的态度，为外校者安排了强人所难的工作进度，结果引来对方的不满，表示不愿承接这次的外校业务。也就是说，这份工作对完成时间有很高的要求。

“能做完吗？”

“可以！因为我们这边的稿件还不急！”

第一次经手时尚杂志的校样。而且，还不是时尚内容相关的页面，而是纯文字专栏。写满密密麻麻的电影、音乐、书籍和舞台公演的信息，看起来拥挤不堪的文化专栏，以及加上波普风①插图的读者投稿专栏。还有用浅显易懂的文字解说社会议题的页面，感觉看了会让人变得更有智慧。另外，还有生活小常识、每个月分别由不同读者模特儿撰写的连载，以及还不太有名的型男演员的专访。最后一个大概是受事务所委托而进行的企划吧。总之，这些都不是四色（彩色）页面，而是黑白页面的内容。加油吧。悦子这么想着。让初、

① 波普风：一种西方现代美术风格。——编者注

高中时代的自己看得入迷不已的 *C. C*。这是她第一次看到它正式出刊前的模样。包括森尾在内，*C. C* 编辑部一共有八名编辑。对外委托的写手人数大约是他们的三倍。由排版设计者将他们撰写的文章、照片和图片素材搭配在一起，完成整个页面后，再进行打样，就成了现在的校样。虽然文艺书籍和周刊杂志的制作过程同样也是如此，但面对自己一直很想经手的领域的校样，悦子鼓起了满满的干劲。

每个人的工作方式不尽相同。悦子习惯先确认文字的排版位置。她是在被调到《周刊 K-bon》校对部之后，才开始强烈意识到这一点。虽然编辑部也会确认，但校对部必须把校样跟最初的原稿文字进行比对，确认是否有格式跑掉的地方。接着，她会一边阅读内文，一边确认首次出现的汉字标音及标音的格式。比较起来，*C. C* 标音的内容偏多。另外，针对多次出现的相同词汇，如果没有特别不同的意思，写法就必须统一，不能有时写成汉字，有时又写成假名。若是存在多种汉字写法的词汇，就必须确认用法是否一致，并针对每本杂志的基本用字规定，筛选能用的和不能用的汉字。文艺书籍会依据每位作家自己的用字方式来统一；若是杂志的话，除了作家和随笔专栏作家以外，其他写手的文章，都会由出版社机械式地依照内部规定统一用字，所以不会像文艺组那样出现让作者检查校样的“作者校”的情况。针对必须查证的事实，在查证过后标上记号。至于年号和专有名词是否正确，如果写手和编辑提供了相关数据，就先参考这些文件。没有提供数据，或是提供的数据不够详尽的话，就尽可能亲自去查证；如果真的查不到，就用铅笔注记问题点。书名、公演日期、咨询专线等是否有误？日期和星期是否能对上？因为数字很容易看错，所以悦子总会反复确认好几次。

进入景凡社之后，这是她第一次觉得工作很开心。查了型男演员口中“充满回忆的作品”的发表年代后，悦子发现该作品在那个年代还没有出现，便用铅笔注记出这个问题点。虽然说某部电影是“今年的新作”，但那其实是在去年发表的作品。要改成“去年”，还是把“今年的”三个字删除？将读者投稿内容和他们的个人资料进行比对后，悦子发现有几个人的年龄、性别和职业对调了。就算读者看不出来，投稿者本人看到了，一定会受到打击吧。

中午十二点。附近的职员三三两两从椅子上起身时，悦子才发现自己的精神一直紧绷不已。刚站起来，她就感到一阵晕眩。

“有时间去吃午餐吗？”

听到米冈这么问，悦子点点头，然后从包包里拿出钱包。

“你整个上午一动也不动呢。”

站在电梯大厅的米冈笑着说。

“谁说的。我一直在动手啊，还用电脑查了很多东西。”

“可是你超级安静啊。”

“这很平常吧？”

“你可能自己感觉不到，你其实经常自言自语，河野小姐。”

“真的吗？”

搭上往下的电梯后，电梯大门在文艺编辑部的楼层再次敞开。

“天哪，你这身打扮是怎么了？”

看见走进电梯里的人，米冈发出高亢的惊叹声。那是穿上悦子前几天替她挑选的服装的藤岩。在横条纹上衣的外头，是一件海军蓝的后扣式套头毛衣。下半身则是飘逸的薄纱蕾丝长裙，以及刻意凸显冲突感的技师靴。因为光是试穿高跟鞋，就让藤岩一副快要没命的样子，所以鞋子的选项可说是少之又少。不过，从整体看来，悦子觉得自己的选择实在很有品位。

“之前请河野小姐陪我一起买的。会不会很怪异？”

“不会，很适合你呢！很可爱啊！”

藤岩有些害羞又开心地向米冈道谢，露出笑容。

穿越一楼的自动门后，两人和藤岩道别，前往附近的某间咖啡店。

“你们俩什么时候变得这么要好了呀？真的很厉害。毕竟她原本几乎土气到无药可救的程度了嘛。”

在店内点了咖喱之后，米冈一脸兴奋地询问悦子。

“我也不知道这样算不算变得要好，不过，她似乎是因为看了登纪子大师的书而醒悟了。”

“这样不是很好吗，你的努力得到回报了！”

就是这个——悦子这么想着。“努力得到回报”这样的说法，最符合自己现在的心境。进入景凡社将近两年的她，在去年圣诞节被登纪子大师害得……不对，那其实不是登纪子大师的错，而是自己的错。不过，就对心情的影响而言，的确是登纪子大师害得她跌落谷底。才过了短短一个多月的现在，今天的悦子却有种辛苦获得回报的感觉。悦子一边吃着咖喱，一边向米冈吐露自己的心情。

“我第一次觉得工作很开心呢。”

“我不是说过了吗？你之后一定也会觉得校对的工作很开心的。”

“这样算是觉得校对的工作很开心吗？应该只是因为能接触自己喜欢的东西吧。”

虽然悦子的目标是前往*Lassy*编辑部，但过去的她也是*C. C*的忠实读者。直到现在，到了出版当天，悦子还是会去翻阅*C. C*的杂志。所以，她也算是*C. C*的读者。她可以站在同样的立场为读者设想，然后工作。

悦子并不会主动去阅读小说，也不是目前所负责的《周刊 K-bon》的读者。所以，她至今都只是按照公司的规定在工作而已。读者和校对员之间，还有着编辑的存在。会和读者交流的是编辑，校对员无法直接面对读者。

“负责自己喜欢的东西，或许也挺煎熬的呢。至少，我个人可是一点都不想变成编辑。我只想单纯当真理惠大师的一名粉丝就好了。”

“噢，是这样吗？”

“反过来看，我倒觉得校对员更贴近读者呢。虽然跟他们距离比较近的确实是编辑，不过，校对员感觉就像饭店的客房清洁人员。像是为了让客人过得更舒适而提供服务的‘草者’①。”

“距离也太遥远了吧，很难懂哎。‘草者’这种说法……你现在看的校样是以战国时代为背景吗？”

“不，是江户幕府。”

在江户时代还是用“草者”吗？原来那时还不叫“忍者”啊……我干吗要为了这种事感叹啊。

尽管得不出什么结论，悦子仍试着仔细分析自己“努力得到回报”的感受。到底是觉得校对的工作令人开心，还是

① 草者是忍者的别名。——编者注

因为暂时能负责 C. C 的校样而觉得开心？发现这个问题到了明天就会真相大白之后，她放弃了继续思索。

下午两点。看到森尾时，悦子朝她抛出的第一句话就是“你怎么一副半死不活的样子”。憔悴不堪的森尾，用几乎整个人扑倒在椅子上的动作在悦子身旁坐下。她眼窝凹陷，一边听着悦子仔细的口头说明，一边用无神的双眼确认以红笔加注完毕的校样。十分钟后，森尾将办公桌上的整叠校样整理好，准备起身离开，下一刻却又跌坐在椅子上，还不知为何哭了出来。

“你怎么啦！”

听到悦子的惊呼，其他职员也吃惊地望向两人所在的方向。但他们随即又移开视线，装作不曾看到任何事情。

“我受不了啦……”

既然这样，我跟你交换吧——悦子将这句话吞回肚里，伸出手轻拍趴倒在桌上的森尾的背部。仔细一看，她正在不停吸鼻子啜泣，头发看起来有些油腻，上衣的袖口也染上了污垢。

“你几天没回家了？”

“跟你一起吃饭那天，我后来被叫回公司，就没再回过家了。”

这么说来，她确实穿着跟那天同样的衣服。接着，森尾断断续续地开始吐苦水。

“人手不够。工作量太大了。读者模特儿都太任性。写手拖好久都不交稿。外校者、排版设计师跟印刷厂都在背后说我们是狗屎烂人。销量也下滑了。还要被广告宣传部施压。没办法呀，因为经济不景气，所以杂志也不好卖嘛。可是，如果把景凡社的女性杂志售价压低，出版业就完蛋了。可是，为了提升销售量，也只能压低价格，或是刊登一些会让粉丝掏钱买杂志的帅哥的报道。可是，我讨厌这样。我对自己的窝囊和无力感到好绝望。哎，我该怎么办呀？”

判断森尾都只是在自言自语，而并非真的想寻求答案之后，悦子继续轻拍她的背。或许也将森尾的抱怨听进耳朵里吧，周围的其他职员只能跟着默默叹气。在校对部冰冷而安静的空气中，突然传来一个不懂得察言观色的男人的声音。

“喂，宽松世代。”

“不懂得察言观色的颟顸[①]之人。”

“真亏你能读出这么生僻的词。咦？森尾小姐？你怎么了？”

森、尾、小、姐？

你为什么知道她的名字？你们的接点在哪里啊？悦子吃

---

① 颟顸，指糊涂而马虎。——编者注

惊地转头望向贝冢，同时，一旁的森尾也迅速用手背抹去眼泪和鼻涕，然后带着豁然开朗的表情起身。

“这跟文艺编辑部的人没有关系，请不用担心。”

“咦，可是……”

“谢谢你，悦子。你真的帮了大忙。真的太感谢了。”

“不客气。下次记得留化妆品的试用装给我哦。”

森尾点点头，随后便将校样揣在怀里，小跑着离开了校对部。目送她的背影离去后，贝冢有些不知所措地问道：

“怎么了？森尾小姐发生什么事了？”

“这跟文艺编辑部的人没有关系啊。你过来这边干吗？”

“啊，对了对了。我打电话去问你昨天跟我说的那间店，结果店员说前天好像有符合我描述的一对夫妻造访店里。”

虽然不知道肾上腺素的功效，也不晓得它有着什么样的颜色和气味，但听了贝冢的发言，悦子总觉得身体的某处仿佛开始大量散发带着黄芥末味的肉色肾上腺素（或许是因为它的英文语感跟 Altbayern 这个德式香肠的品牌有点像吧）。啊啊，好想吃美味的德式香肠啊。

“哦，鳗鱼啊，真好！我也好想吃啊！”

悦子拼命装出一副漠不关心又面无表情的样子，在椅子上伸懒腰，硬是挤出一个呵欠。这样看起来很自然吧。应该很自然才对。请务必觉得这样很自然吧。

“不对吧？虽然算是找到了线索，但他们现在应该已经转移到其他地方了。”

“说得也是。既然是前天去那间店，那我想他们差不多要回到东京了。”

前天去吃了鳗鱼。得知自己的推论完全正确，尽管想大声叫好，但悦子仍努力故作镇定。就连参加联谊时，她都不曾这么装模作样过。

“为什么啊？”

“你不是老师的责编吗？在他至今的著作中，将东京以外的地方作为背景的内容，一共出现过几次？”

听到悦子的提问，贝冢“咦？”了一声愣在原地。好，就是这个。我就是想看他露出这种表情。悦子按捺住满心的得意扬扬，以格外平静的嗓音回答：

“老师的四十六本著作中，有二十一个地方重复出现过。其中，以宫崎县作为故事背景的只有一本。这本书和最新刊之间隔了三本著作。在这三本之前，连续好几本著作的故事背景，都是东京以外的地区。”

“难不成你把老师的作品全都看过了？”

“上网查一下马上就能知道啦。难道你都没查过？你不是责编吗？”

原本一直执着于“鳗鱼”这个线索的悦子，想起本乡夫人的留言中曾经写到“我要去见见你那些外遇对象”。尽管本乡过去确实曾经有外遇，但他现在已经没有这样的对象了。这点事情，做妻子的应该也会察觉才对。根据这样的推测，会被本乡夫人断言为外遇对象的，就只有在本乡的作品中登场的女性了。考虑到护照已经过期一事，可以把第十四本以巴黎为背景的著作排除。

看到贝冢那想反驳却又无话可说的表情，悦子继续乘胜追击。

“还有，本乡夫人失踪之后，到今天是第几天了呢？”

……成功啦……！悦子在内心做出双手握拳的胜利姿势，然后等待贝冢向她道谢。

*

所以，2 月 14 日上午九点四十分的现在，身为景凡社杂志校对组成员（非战力）的河野悦子，不是出现在纪尾井町，而是在寒风刺骨的东京车站第二十三号线的站台。精心整理好的发型，一瞬间就被北风吹乱。比平常多花一倍时间仔细涂抹的粉底，也很明显地沾上一层沙尘，用手抚摸脸颊时，甚至可以摸到沙子粗糙的触感。今天的工作安排意外紧凑，她没有多余的返回公司整理发型和妆容的时间。到了九小时之后的约会时间，自己看起来将会是多么狼狈不堪呢——不夸张，光是想象，就让悦子因愤怒和焦虑而眼泛泪光。

“白痴！你真的是个白痴！我今天有约会啊！”

“少啰唆！竟然一副得意扬扬的嘴脸，全都是你害的！”

悦子深深体会到期待这个男人开口道谢的自己有多么愚蠢。

“你被森尾甩掉可跟我没关系好吗！她那时的状态，一看就知道不可能有心情去约会吧！而且，你竟然想在情人节约女孩子出去？你是白痴吗？你以为自己能收到对方的巧克力吗？你是白痴吗？啊？”

“男人总是以为，‘女人感到空虚无助的时候，也是最容易被攻陷的时候’。好啦，少说几句吧，你这个宽松世代！”

“她才不是感到空虚无助，只是因为工作而分身乏术而已！既然迷上对方，至少这种地方要弄懂吧，你这个Ogoza！”

“什么？”

“那是尾张地区以前的方言，骂人是‘蠢蛋’的意思。”

两人同时变得无力回嘴，只是重重叹了一口气。白雾涌上悦子的脸庞。她根本没有走桃花运。贝冢心仪的对象是森尾。虽然就算被贝冢看上，也丝毫不值得开心，但她还是很想打死之前那个曾经因为误解而自作多情的自己。

在完全感受不到回暖预兆的东京车站里，进站、出站的新干线列车不曾中断过。早上到公司之后，悦子泡了杯咖啡，把校样摊开在书架上，再把抽屉柜拉到办公桌旁，准备开始工作时，她被到达公司的贝冢拉走，然后带到东京车站来。

——既然你都知道，干吗不告诉我啊。

贝冢坐在出租车里对她发脾气。这些也不是悦子轻易得知的，而是上网查了很久才了解的线索。明明只大悦子两岁，贝冢却一直揶揄她是宽松世代，甚至把自己的工作失误怪罪到她的头上。所以，悦子才会想出这种让他无话可说的方法。在那之后，贝冢或许也回家好好调查了一番，然后才恍然大悟吧。他的表情看起来相当不甘心。

——我原本以为，身为责编的你应该能联想到这些，所以就没有特别提起。

——森尾小姐有男朋友吗？

——什么？

悦子不明白话题为何会带到森尾身上，在愣了两秒钟之后回答“没有吧”。

——难道你想追森尾？

——我昨天约她今天一起吃饭，结果被拒绝了。哎，她真的没有男朋友吗？

——都说没有啦。

——真的吗？

——真的。

持续着这种毫无意义的对答时，两人抵达了东京车站，然后就变成现在这种状况了。本乡最新的著作，就是贝冢去年担任责编、又交由悦子校对的那本书。在悦子的印象中，书中只出现过一次列车抵达东京车站的描写。就是早上九点五十五分进站的新干线。

初校的时候，校样里的列车抵达时间是在中午过后。这一刻，悦子不禁埋怨起当初坚持更正这个时刻的自己。中午的气温一定比较温暖。现在的东京车站简直冷得无法形容啊！

冷到牙齿不停咯咯打战时，标示五十五分抵达的“朱鹭”列车驶进站台。贝冢睁大眼睛盯着从高级车厢走出来的每一名乘客。拜托……拜托一定要出现啊。昨天那么得意扬扬地断言，要是现在又说“是我搞错了”，岂不是很丢人吗？这样的话，贝冢真的会用“全都是你害的！”把她臭骂一顿了。悦子在内心努力祈祷自己的推断是正确的。最后，上天听到了她的祈祷。

“本乡老师！”

大声呼喊的同时，贝冢拔腿向前冲了过去。出现在他前方的，正是那对在小小的出版业界掀起微微的风波、又给极少数人添了很大麻烦的牵着手的夫妻。

要是就这样回公司，功劳八成都会被贝冢抢走。一如悦子所想，贝冢随即用“你也很忙吧？先回去没关系”的安抚语气，尝试让她先行离开。不过，因为本乡夫人亮子也希望她能同席，所以悦子便跟着踏入东京车站大饭店的餐厅里。

“河野小姐，听说你也是圣妻毕业的学生？”

当亮子主动打开话匣子，然后从过往回忆开始聊到自己的失踪，已经是好一段时间之后了。现在的亮子，没了和悦子初次见面时那种浑身带刺的感觉，简直像是完全不同的一个人。看着她的表情和服装打扮，悦子不禁觉得她想必经历了一趟很美好的旅行。而且她身上穿的衣服好像变得华丽了一点。

三十分钟后，在亮子的话题告一段落时，本乡终于问道：“你们怎么知道我们今天会回东京？”。

“是我查……”

“身为责编，这是理所当然的事啊！”

贝冢的大嗓门毫不留情地掩盖过悦子的回答。这个男人！我要诅咒你！

悦子带着愤恨咬牙的心情听了整件事的来龙去脉。亮子留下来的那封书信，果然是她自己想出来的某种暗号。当初，悦子猜想“超越”的“越”或许是在暗示“越后”这个地名，这部分跟她的推论一样。至于“溜下来”的“溜”，用到这个字的地名相当少见，在本乡的著作中，只有以高知县为故事背景的那本书曾经出现过。亮子是通过“鳗”和“溜”的文字，来试探丈夫是否能察觉到。另外，“界县”的“县”似乎真的只是单纯写错字。不过，最后也变成“在县内四处走走”的意思了。

“想暗号还真不轻松呢。我能明白你的工作有多辛苦了。”

“那个根本不叫暗号……”

“不过，贝冢先生还是解开谜题了吧？”

其实查出来的人是我才对——错过最佳的开口时机后，悦子的手机恰好响起。是“杏鲍菇”打来的。按下通话键的下一刻，手机另一头便传来怒吼。

“你在干什么啊，河野！快点回公司！”

“部长！找到本乡老师了！跟我的推测完全一样！请你转告文艺和 *K-bon* 编辑部！跟我的推测完全一样！”

“啊，笨蛋！应该是我去报告才对！”

悦子佯装没听到贝冢的抗议而切断通话。总之，反正想说的话都已经说完了。她起身套上自己的大衣。

“本乡老师，之前那件事就麻烦您喽！”

“遗憾的是，最后找到夫人的是我呢。有机会再说吧。”

说得也是。到头来，悦子没想到他们最后会一起回东京。不过，如果自己做的不是需要“查证”的工作，悦子一定不会去调查任何线索。这样的话，她今天就不会来到东京车站，也不会让贝冢无端抢到功劳了吧。

怎么样的发展才算好呢？

校对部不存在“报销”这样的概念，所以悦子也无法像编辑这样随心所欲地搭出租车，只能坐上地铁返回公司。在午休时间到来之前，她又拼命工作了一小时左右，再次回味昨天那种“努力得到回报”的感觉，果然只是因为自己有机会接触到 *C. C* 校样的工作，而跟现在的工作无关。

到了十二点，“杏鲍菇”找悦子一起吃午餐。在人挤人的乌东面店坐下后，悦子开始解释澄清。

“我早上会不见人影，可不是故意的。是贝冢硬把我拉出去的。这不是借口，而是毋庸置疑的真相。”

“嗯。我觉得贝冢有点过度依赖你了。我下次会用严厉的语气说说他。”

“麻烦你了。真的很烦人。”

“我还以为贝冢一定对你有意思呢，没想到他喜欢的竟然是女性杂志那边的编辑啊。那么漂亮的女孩子，怎么可能把他放在眼里呢。真傻啊。年轻人果然不知天高地厚，真是可怕。”

看着眼前的人用有如蒸熟的“杏鲍菇”一般的温和表情说出这种话，悦子不禁大笑出来。听说，文艺编辑部的部长刚好目击到森尾拒绝贝冢邀约的瞬间，结果八卦就在今天上午传开来了。传得太好了。活该，贝冢！

“本乡老师好像跟他的夫人和好了呢。不过，说是和好，但其实他们夫妻应该也没有吵架。”

“每个人都需要一段休息时间啊。本乡老师能带着放松的心情回来就好。”

“如果你现在还待在文艺编辑部，而且又是本乡老师的责编的话，还能说出一样的话吗？”

“绝对不行。能像现在这么轻松，我觉得很好呢。”

花了五分钟吃光店员端上来的乌东面后，悦子一个人先返回公司，然后拜托今井用卷发棒替自己重新整理发型。

“难道今天是你跟他第一次约会？”

“嗯。祝我一切顺利吧！”

卷好完美的头发，再加上缎布材质的简素发箍。悦子用随身镜确认自己的脸蛋。好，很完美。虽然妆容看起来有点糊，但夜晚的黑暗能够遮掩一切。

为了能在下班时间准时离开，悦子下午拼命埋头工作。她跟是永约好晚上七点在银座碰面。刚才照镜子的时候，今井问她“你喜欢对方的哪一点”，而悦子的回答是“长相”。

表面上，世人普遍认为“因内在而喜欢上对方”的人，会比“因外表而喜欢上对方”的人更可敬。就算穿着打扮很穷酸、经济状况又很拮据，只要拥有善良的内在，就会受到所有人爱戴——悦子从以前就觉得这种想法实在是虚伪。倘若世上所有人都这么想的话，就不会出现时尚杂志或美妆杂志这种东西。甚至，就连作为这类杂志根源的服饰产业和美妆产业，都不会存在于这个世上了吧。

一边想着这些，一边动笔工作时，悦子突然感受到某种启发。

——就算写作能力奇差无比、所写的内容也跟事实有出入，只要内容能带来利益，就可以出书。如果是这样的世界，就不会需要校对这种工作。甚至，连校对的概念都不可能存在了吧。

“啊！”

悦子不禁发出惊叹声，然后转头望向后方座位的米冈。他正宛如一尊石像般，一动也不动地看着桌上的厚厚一叠数据。感觉现在不是开口跟他搭话的时机，所以悦子闭上张开的嘴，重新面对自己的办公桌坐好。

——原来是这么一回事吗？

校对部静悄悄的。大概一小时会出现两次，仿佛足以把冻结在湖面的一层薄冰震个粉碎的电动削铅笔机刺耳的运转声，总让人吓到双肩一颤。

削铅笔机的声音传来。时钟的指针马上就要走到下午六点的位置了。

三、二、一、零。悦子在内心对某个不知名的对象表达感谢，然后猛地从座位上起身。

The Finale

最终话

给校对女孩爱吧

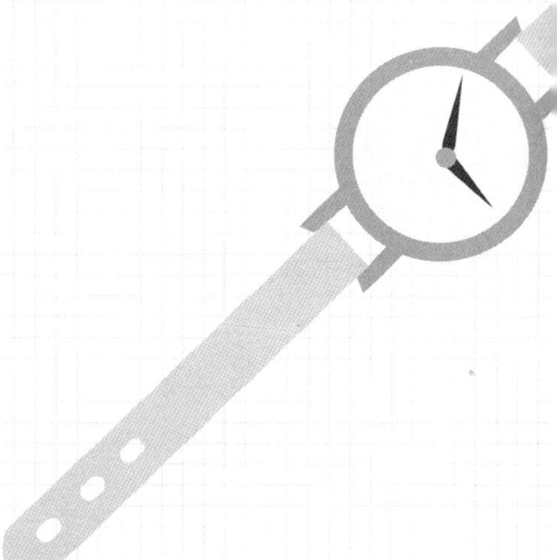

悦子的研习笔记　之六

【单行本】大小跟高中课本差不多，书封纸质偏硬的书籍。售价大概都在一千日元以上。根据作者不同，有时会出现像高中男生用的便当盒那种厚度的成书。

【文库本】大约巴掌大小，书封纸质偏软的书籍。售价大概都在一千日元以下。根据作者不同，有时会出现像便当盒那种厚度、一点都不方便携带的成书。基本上都是单行本发行，两三年之后变成文库本。但也有很多作品例外。

【新书本】整体呈现狭长形，书封纸质偏软，厚度也偏薄的学术书籍。

【加笔】没在文艺杂志或网络上公开，只有单行本或文库本里看得到的内容。

【文艺杂志】像是刊登了一堆小说的特别刊物。连载跟单篇完结的内容都有。

“干杯！”

“干杯！”

在东京的老街，御坊寺商店街的一角，伫立着昔日曾有过“松田鲷鱼烧”这间店铺的某栋老旧二层楼建筑。在这里的一楼，不管怎么看，都只容纳得下三个人的超狭窄客厅兼饭厅（或说是厨房）里，三名女子和一名像女子的人，合计四人正拿着罐装啤酒坐在同一张餐桌前。还有一名女子站在煤气炉旁煮着关东煮。

“好有昭和风情的地方！这么老旧又狭窄的房子，我以前只在晨间连续剧里看过呢！”

身为彻头彻尾的平成一族，而且又是个名媛的今井，眺望着有花朵图样设计的毛玻璃拉门，就像发现稀有物品一样发出感叹。

“不过，比起住在墙壁很薄的公寓，选这种房子感觉聪明多了。家具也是一开始就有的吧？感觉好像我曾祖母的家，让人心情平静呢。”

森尾一边观察小型橱柜里头的复古风餐具一边说。因为这里的空间很狭窄，所以一转身就是餐具柜。

“河野小姐住在这种地方，总让人很意外呢。虽然不愿意承认，但说实话这让我稍微觉得你是个善良的人了。”

藤岩不由地对悦子涌现了亲近感。

“河野妹，我肚子饿了，还没煮好吗？”

在截稿前一刻，米冈才发现时代考据的内容出了问题，只好从今天一大早重看整份校样，因此连午餐都没时间吃，忍不住以焦急的声音催促。

“明明是要替我庆祝，为什么我还得准备东西给你们吃啊！米冈，你也是！想吃的话，就过来帮忙啊！”

“可是这里很挤啊！要是过去帮忙，可能会撞倒或弄坏很多东西！”

“不信你瞧，地板现在感觉就已经快裂开啦！”

因为家中没有电磁炉或插电式的烧烤盘，所以悦子只能把关东煮的食材放到一个大锅里，待煮熟之后，再端到铺满广告传单的餐桌上。前屋主是一家三口住在这栋房子里，餐桌旁也只有四把椅子，所以，身为这场庆祝会主角的悦子，只能坐在准备在下星期的资源回收日拿出去扔掉、用绳子捆绑起来的整叠废纸上。这时，她听到一阵“小悦”的呼唤声和开门声一起传来。

“哎，你听我说，赤松他啊……咦，怎么，有客人？”

准备在门口脱鞋，却发现连脱鞋的空间都没有的加奈子，在看到屋内的高密度人员后，并没有做出吃惊的反应，只是带着嬉皮笑脸的表情，不管不顾地大步走进来。

“这是谁啊？”

“附近的房屋中介。”

“初次见面，我是松冈不动产的木崎加奈子。哇，是关东煮！看起来很好吃啊！”

“初次见面，我们是悦子的同事，不嫌弃的话一起吃吧？”

地板！地板要裂开了！当然，悦子内心的呐喊并没有传达给加奈子。后者在腾出半个椅子空位的藤岩身旁一屁股坐下，地板也随着她的动作嘎吱作响。

“原来小悦也有朋友啊。太好了！我一直很担心呢。那么，大家今天为什么会齐聚一堂呀？”

你是我妈吗？——在悦子刚想吐槽前，森尾便开口答道：

“为了庆祝悦子还有第二次约会。”

“咦！你要跟那个爆炸头交往吗？你们决定交往了吗？”

“还没有决定啦。不过……”

如果能变成这样就好了。悦子傻笑着回答。

2月14日晚上七点，银座四丁目的和光大楼门口，是永就在那里等着她。两人一同前往某间位置较偏僻、但有点时髦的居酒屋约会。是永到巴黎参加了好几个时尚品牌的选秀会，但全都落选了。再加上时差的影响，让他看起来似乎分外憔悴。为了鼓舞这样的他，悦子拼命地找话题。是永似乎对本乡这几天引起的骚动很感兴趣。说到自己顺利阻止贝冢抢走功劳时，是永笑得乐不可支。

——河野小姐，你想被调到时尚杂志编辑部吗？

——我就是为此而进入景凡社工作的。

——是吗。真遗憾。

——咦？

——会那么仔细地用铅笔和红笔在我的书稿上注记的校对员，就只有你了。

她只是不知道该如何修正，或是修正哪个部分，所以干脆把自己的意见全都写下来而已。不过，悦子没有说出这些，只是简短回答了一句“原来是这样呀”。啊，他到底为什么长得这么帅呢？这么帅气的人，竟然没能通过半个选秀会。模特儿业界是多么严苛啊。

——不过，我会支持你的。我们一起加油吧。

——谢谢你。可是，我今天突然觉得，暂时继续当个校对员，似乎也不错呢。

——为什么？

虽然想回答，但悦子不知道该从何说起，所以沉默了半晌。她是在下午工作时突然涌现这样的想法的。

悦子喜欢是永的长相。尽管还是不懂他写的小说究竟算不算有趣，但因为喜欢他的长相，所以悦子也把是永过去的著作全都看了一遍。世上大多数的人，会蔑称这样的她是“外貌协会”的成员。但悦子觉得那又如何？

对悦子来说，外貌讨人喜欢才是王道。所以，努力打理出讨人喜欢的外貌，同样是她的正义。虽然分属不同领域，但她发现校对这项工作也存在着相同的正义。想从事文艺作品的校对工作而进入出版社的米冈，曾说过将日文修饰得更美、更正确的工作，会让他有种快感。听到这句话的时候，悦子还无法体会这样的感觉；但到了今天，她终于明白了。

时尚的法则会因季节而有所不同，而时尚杂志便是能让读者学习这种法则的教材。存在于文章之中的法则，也会因媒介或作者而有所变化。学习这样的法则，并将其具体呈现出来。对悦子来说，原本存在于遥远的彼方……或者说根本位于另一个宇宙中的时尚杂志，在今天通过一条细细的线，和校对联系了起来。

为了将这样的想法传达给是永，悦子开口说：

“如果继续待在目前的部门，或许就能比一般读者更早拜读是永先生的作品了呀。”

“嘎——！好肉麻！听得我全身发痒！”

“吵死了！而且你这样对今井很失礼！”

利用午休时间替悦子把头发烫卷时，今井顺便传授了这样的话术给她。悦子也带着无懈可击的笑容说出了这句话。实际上，听到她这么说之后，是永好像也变得有些手足无措。最后，在两人道别时，是永还向她表示：“不嫌弃的话，可以再和你见面吗？下次，我想穿上你送的这件衬衫。”哇！

“真是太好喽。没想到你会抢在我之前约会呢。”

“贝冢不也约过你吗，森尾？”

“我才不要呢，跟那种人约会一定很无聊。感觉他跟藤岩小姐比较配吧？”

“我有男朋友了。”

“啊！”

“你们听说过‘进入出版社，而且又当上编辑的话，将来找对象绝对会吃尽苦头’这样的传说吗？我一直在跟大学时期认识的研究生男友交往。他再过两三年应该就能当上副教授了。今年过年时，我们也去拜访了他的父母，大概会在明年结婚。”

因为过于震惊，森尾、今井和悦子说不出半句话。只有米冈一边猛拍藤岩的肩头，一边喊着“讨厌啦，恭喜你啊”。尽管有些意外，一旁的加奈子也面带笑容地献上“恭喜你！”的祝福。

强烈的挫败感，让三人陷入沉默。

接下来的事情，悦子没有半点印象。

清醒过来的时候，她只发现喝得烂醉的五个女人及一个像女人的人，身上盖着大概是擅自从柜子里拿出来的棉被，然后东倒西歪地睡在这个狭窄到极点的家中。这里是避难所吗……因为窗帘没拉上，而在刺眼的朝阳笼罩的房间里醒来的悦子，因为口渴而走向厨房。她没发现地板不知何时被人踩破一个大洞，为此狠狠地扭到了脚，直到三个星期后才痊愈。

Definition

解说

角田光代

本书的作者宫木彩子小姐，在2006年以《花宵道中》同时摘下R—18文学赏的大奖和读者奖，并顺利出道。即使是十年后的现在，我依旧记得当时担任评审委员的自己，在见识到这部作品的高完成度时，感到多么震撼。说到完成度很高的作品，恐怕较难给人耳目一新或是还有发展空间的感觉，但这部作品却不是这样。最令我印象深刻的，便是该作品鲜明丰富的色彩描写。那些仿佛从书中满溢出来的色彩，让高完成度兼具一种新鲜感。也让人觉得该书的作者应该能写出更多各式各样的著作，拥有深不可测的能力。

开始阅读这本《校对女孩》时，我便想起了这些事。

除去出版行业从业者，我并不清楚一般人对于“校对”一词有何种程度的了解。诸如音乐界的混音器、相扑规则中的胜负裁判[①]或是咖啡业的咖啡师等。在列举的同时，我越来越难以把握这些举例是否恰当，或许我对校对工作也并不是特别清楚吧。

一如这本小说里头的说明，校对是“针对文章或原稿里的错误和不合理之处，加以确认、检查后，予以修改或校正”这样的工作。简短说明的话是这个意思，但还能衍生出更多层级的定义。不是只追求用字遣词、专有名词或介词正确。

---

① 除了原本的裁判外，再加派五名裁判监督比赛。——编者注

若是历史小说，就得确认时代背景、出现在故事里的物品或服装描述是否正确；若是以体育或绘画等特定领域为题材的小说，就得确认相关用语是否正确。

从学校毕业后，我随即成为一名写作者。所以，“校对”和在本书一开始就出现的“校样”等名词，对我来说耳熟能详。尽管如此，校对这项工作，或者校对员本人，还是经常让我感到吃惊。假设某个人物出现在某个场景时，身上穿着蓝色毛衣。接着，虽然书中的日期没有改变，但过了三页后，这个人却穿上了蓝色的衬衫。那自然，这是作者的笔误。但校对员绝对会发现这种错误。有没有抽烟、喝咖啡时会不会加糖等等，就算作者忘了这些设定，校对员也都会记得。不仅如此，他们对数字也非常敏感。在 1925 年分别是二十三岁和十七岁的两人，过了八年、十六年或三十二年后究竟是几岁。就算作者弄错了，校对员也绝对不会弄错。

不过，我有时也会涌现“其实没必要确认得这么仔细嘛”的想法。最让我吃惊的一次经验，是校对员向我提出更改标题的意见。不是编辑，而是校对员。那时，某部短篇小说经过校对后的校样发回我手上。我仔细一看，发现故事标题的地方竟然被打了一个“×”。旁边加注了一行“感觉标题和故事内容不符，这样可以吗？”的疑问，下方还有疑似是校对员建议的标题，以及“我觉得这样的标题比较贴切”的意见。

实在令我震惊无比。

抱歉用我的私事来举例。不过，提及校对这项工作，只要是身为作家的人，我想话匣子都会停不下来。这项工作就是如此烦琐复杂，而校对员也是形形色色、各有不同。

作者将名为河野悦子的主角投入这个复杂的世界，首先让她面对的是情色悬疑小说。对小说不感兴趣，平常只会翻阅时尚杂志，并因为想被分配到时尚杂志部门而进入出版社的她，从这部情色悬疑小说里头发掘出不可思议的疑点。这正是必须接触烦琐工作内容的校对员才能发现的疑点，而这样的疑点也导出了一个小小的神秘事件。

原来如此。这是校对员通过校对的工作发现谜团，并加以解决的校对悬疑短篇故事吗？我不禁异常佩服作者这样的构思。继续看第二话时，发现作者又将我的揣测全盘推翻。第二话无关悬疑，描写的是悦子和同期进公司的编辑藤岩之间小小的亲昵交流。

我刚才提到，开始阅读本书时，我马上回想起作者的处女作。说得准确一点，我回想起的应该是她“深不可测的能力”才对。

直到第二话结束，这位作家把她潜在的能力慢慢地展现出来。第一话和第二话，都出现了小说之中的小说。第一话是情色悬疑小说家本乡的作品，第二话则是在纯文学领域出道的是永是之的作品。在自己的小说里头，撰写出其他作家执笔的（因应剧情描写）作品，是非常困难的一件事。然而，这位作家却轻而易举地完成了这样的任务。

而且，出现在第一话和第二话的短篇小说风格迥异，让人无法预料第三话又会出现什么样的作品。

结果，竟然是爱神降临的预感。在这一话出现的其他作品，不是出自小说家之手，而是贵妇爱用品牌的代表兼设计师 Fraeulein 登纪子的时尚随笔。

接下来的第四话，悦子负责校对以中老年男性为读者群的八卦杂志上连载的历史小说。那个本乡大作再次于故事中现身，事件也跟着发生。这里虽然再次引述了本乡著作的一部分内容，但并不是以往的情色悬疑，而是悬疑要素很薄弱的恋爱小说《蝶之瞳》的小说片段。也就是说，这里所引述的内容，又必须跟第一话的本乡的作品有所区别。作者轻而易举地写出两种不同风格的作品，让本乡大作这名小说家的成长历程一瞬间浮现出来，让身为读者的我们了解到，本乡并不是一个难应付又厚脸皮的中年作家，而是谨慎、努力、深爱自己的妻子，同时对写作又很执着认真的男人。也明白他曾经有过一段默默无闻的时期，但仍和不谙世事的妻子一起努力至今。

从整体来看，作者便是用同样的手法撰写这整部作品。

针对繁复到一般人无法想象的校对作业，作者没有特别说明，只是通过悦子的工作内容，以及她和初次见面的男性、女性友人和同期同事的短短对话来让读者理解。不是费心着墨本乡这个男人，也没有细细说明他和妻子之间的关系，只是把本乡第十四本小说和现在的小说内容的对比呈现出来，让读者能够稍微窥见端倪。

对时尚潮流、时尚杂志和出版物整体造成影响的时代变迁，以及背后的经济环境，还有在这样的经济环境中成长的我们的价值观变化，作者没有夸大叙述，也没有循序说明，只是很自然地将其描写成小说里的一环细节。因为实在是太自然了，读者可能不会察觉到。他们会感觉自己仿佛从一开始就很熟悉校对这种工作，甚至觉得自己并非通过这部小说理解到泡沫时期至今的时代变迁。他们可能只会对河野悦子有话直说的态度感到神清气爽，为她和森尾或米冈的对话会心一笑，想象着她接下来的恋情发展，然后阖上这本书。当然，这样的阅读方式，我想作者也是非常欢迎的吧。

我认为，宫木彩子小姐是非常大胆又无所畏惧的一名作家。换作是我，就算能想到以校对员为主角的小说题材，也不会在小说里头又写其他小说，而且也会针对校对的工作内容、编辑的工作内容，或是每个时尚品牌加以说明。因为我害怕失败，也害怕读者无法理解。不过，看了这本小说，我能明白这位作家丝毫不会畏惧这样的事情。这和“相信自己的读者”是同样的意思。同时，我也认为对她来说，和写小说这件事相联系的绝非恐惧，而是幸福这样的感情。

就算只能一直吃快餐，只能住在租金便宜、但相当老旧又狭窄的房子里，但只有时尚这方面绝不肯妥协的悦子，会依据不同场合更换自己的穿着打扮。就算是对时尚了解不多的我，也觉得看得很兴奋。接着我又想到，在小说这个领域，宫木彩子小姐会不会也拥有数量惊人的服装呢？在作家之中，可以看到一些属于“附身型”的人。这种人在写作时，仿佛会被作品中的登场人物，或是小说本身给附身了一样。别名是“潮来巫女型”（可能只有我这么称呼）。为了撰写小说，宫木小姐收藏了各式各样的服装。穿上高级名牌服饰时，她就能写出相关的内容；换上战国时代的武将打扮，她就能完全化身为对方；套上哥特萝莉服的话，就能明白做这种打扮的女孩子的内心；穿上草裙的话，就能踏出自古传承下来的曼妙舞步。当然，这些都只是我的比喻，她的衣柜里不可能出现这些东西。是宫木小姐将这些看不见的装扮收藏在大脑里，有必要时再拿出来使用。写小说的时候，她会像报恩的白鹤那样紧紧掩上门，独自取出符合小说场景的服装穿上，让小说或登场人物附身在自己身上，再开始动笔。或许，这就是她身为作家的能力深不可测的秘密吧。她撰写的这些多样化作品，令我不得不这么想象。

今后，宫木小姐想必也会继续打造出无边无际的小说世界吧。不过，我还是想先拜读河野悦子小姐的后续故事呢。她会不会就此埋首投入校对的工作呢？对工作无比认真，又极具正义感的她，将会成为一名什么样的校对员呢？还有，她的恋情将如何发展？像今井或贝冢这些出现在悦子身边，同样富有魅力的人物，又会遇上什么样的事情？我想，我一定是迷上了悦子和其他的登场人物了。就像被现实世界的人物吸引一般，我希望能一直看着他们的成长故事。